U0088160

保證得分！

最完整的N5
文法+單字
在這裡！

言語知識

日檢N5 文法・文字・語彙

日本語能力試験N5完全マスター：文法＋語彙

50音基本發音表

清音

a	ㄚ	i	ㄧ	u	ㄨ	e	ㄝ	o	ㄡ
あ	ア	い	イ	う	ウ	え	エ	お	オ
ka	ㄎㄚ	ki	ㄎㄧ	ku	ㄎㄨ	ke	ㄎㄝ	ko	ㄎㄡ
か	カ	き	キ	く	ク	け	ケ	こ	コ
sa	ㄙㄚ	shi	ㄒ	su	ㄙ	se	ㄙㄝ	so	ㄙㄡ
さ	サ	し	シ	す	ス	せ	セ	そ	ソ
ta	ㄊㄚ	chi	ㄑㄧ	tsu	ㄘ	te	ㄊㄝ	to	ㄊㄡ
た	タ	ち	チ	つ	ツ	て	テ	と	ト
na	ㄋㄚ	ni	ㄋㄧ	nu	ㄋㄨ	ne	ㄋㄝ	no	ㄋㄡ
な	ナ	に	ニ	ぬ	ヌ	ね	ネ	の	ノ
ha	ㄏㄚ	hi	ㄏㄧ	fu	ㄈㄨ	he	ㄏㄝ	ho	ㄏㄡ
は	ハ	ひ	ヒ	ふ	フ	へ	ヘ	ほ	ホ
ma	ㄇㄚ	mi	ㄇㄧ	mu	ㄇㄨ	me	ㄇㄝ	mo	ㄇㄡ
ま	マ	み	ミ	む	ム	め	メ	も	モ
ya	ㄧㄚ			yu	ㄧㄩ			yo	ㄧㄡ
や	ヤ			ゆ	ユ			よ	ヨ
ra	ㄌㄚ	ri	ㄌㄧ	ru	ㄌㄨ	re	ㄌㄝ	ro	ㄌㄡ
ら	ラ	り	リ	る	ル	れ	レ	ろ	ロ
wa	ㄨㄚ			o	ㄡ			n	ㄣ
わ	ワ			を	ヲ			ん	ン

濁音

ga	ㄍㄚ	gi	ㄍㄧ	gu	ㄍㄨ	ge	ㄍㄝ	go	ㄍㄡ
が	ガ	ぎ	ギ	ぐ	グ	げ	ゲ	ご	ゴ
za	ㄗㄚ	ji	ㄐㄧ	zu	ㄗ	ze	ㄗㄝ	zo	ㄗㄡ
ざ	ザ	じ	ジ	ず	ズ	ぜ	ゼ	ぞ	ゾ
da	ㄉㄚ	ji	ㄐㄧ	zu	ㄗ	de	ㄉㄝ	do	ㄉㄡ
だ	ダ	ぢ	ヂ	づ	ヅ	で	デ	ど	ド
ba	ㄅㄚ	bi	ㄅㄧ	bu	ㄅㄨ	be	ㄅㄟ	bo	ㄅㄡ
ば	バ	び	ビ	ぶ	ブ	べ	ベ	ぼ	ボ
pa	ㄆㄚ	pi	ㄆㄧ	pu	ㄆㄨ	pe	ㄆㄝ	po	ㄆㄡ
ぱ	パ	ぴ	ピ	ぷ	プ	ぺ	ペ	ぽ	ポ

拗音

kya	ㄎㄧㄚ	kyu	ㄎㄧㄩ	kyo	ㄎㄧㄡ
きゃ	キャ	きゅ	キュ	きょ	キョ
sha	ㄒㄧㄚ	shu	ㄒㄧㄩ	sho	ㄒㄧㄡ
しゃ	シャ	しゅ	シュ	しょ	ショ
cha	ㄑㄧㄚ	chu	ㄑㄧㄩ	cho	ㄑㄧㄡ
ちゃ	チャ	ちゅ	チュ	ちょ	チョ
nya	ㄋㄧㄚ	nyu	ㄋㄧㄩ	nyo	ㄋㄧㄡ
にゃ	ニャ	にゅ	ニュ	にょ	ニョ
hya	ㄏㄧㄚ	hyu	ㄏㄧㄩ	hyo	ㄏㄧㄡ
ひゃ	ヒャ	ひゅ	ヒュ	ひょ	ヒョ
mya	ㄇㄧㄚ	myu	ㄇㄧㄩ	myo	ㄇㄧㄡ
みゃ	ミャ	みゅ	ミュ	みょ	ミョ
rya	ㄌㄧㄚ	ryu	ㄌㄧㄩ	ryo	ㄌㄧㄡ
りゃ	リャ	りゅ	リュ	りょ	リョ

gya	ㄍㄧㄚ	gyu	ㄍㄧㄩ	gyo	ㄍㄧㄡ
ぎゃ	ギャ	ぎゅ	ギュ	ぎょ	ギョ
ja	ㄐㄧㄚ	ju	ㄐㄧㄩ	jo	ㄐㄧㄡ
じゃ	ジャ	じゅ	ジュ	じょ	ジョ
ja	ㄐㄧㄚ	ju	ㄐㄧㄩ	jo	ㄐㄧㄡ
ぢゃ	ヂャ	ぢゅ	ヂュ	ぢょ	ヂョ
bya	ㄅㄧㄚ	byu	ㄅㄧㄩ	byo	ㄅㄧㄡ
びゃ	ビャ	びゅ	ビュ	びょ	ビョ
pya	ㄆㄧㄚ	pyu	ㄆㄧㄩ	pyo	ㄆㄧㄡ
ぴゃ	ピャ	ぴゅ	ピュ	ぴょ	ピョ

● 平假名 | 片假名

目錄

動詞基礎篇

疑問詞篇

助詞篇

動詞分類篇

動詞進階篇

副詞篇

數字時間篇

文法補充篇

本書使用說明

日本語能力試驗 (JLPT) 著重的是「活用」，因此出題方向並非單純的文法考試，而是考驗學習者是否能融會貫通運用所學的單字和句型。本書的目的在於讓學習者在記文法背單字之餘，更能將所學應用在靈活的題型中。

本書共分 12 篇，依詞性分門別類，循序漸進介紹各種詞性及其文法變化和相關的句型，各章節中有下列特色：

文法說明

詳細說明文法或詞性的定義和使用方式

畫重點

快速找到文法重點幫助記憶

文法放大鏡

比較相似文法，避免混淆，讓文法觀念更清楚

文法補給站

補充或延伸相關的文法，準備考試全面無死角

例詞例句

大量的單字和例句，擴充字彙量並厚植閱讀實力

真人 MP3

完整收錄例題 (例題(れいだい))、例句 (例文(れいぶん))、單字及示範句，跟著專業日語老師學習正確發音加強聽力

期待本書能協助讀者更系統化學習或複習 N5 範圍的文法和字彙，順利通過 N5 考試。

日本語能力試驗應試需知

日本語能力試驗科目簡介

日本語能力試驗 N5 的測驗科目是「言語知識（文字、語彙）」、「言語知識（文法）、讀解」、「聽解」合計 3 科目。其中言語知識主要是測試學習者對於日語文字、單字（語彙）和文法的程度。聽解及讀解則是測試學習者是否能將習得的言語知識實際應用在溝通上。

至於難易度的部分，N5 是日本語能力試驗中最簡單的層級，判定的標準為「對於基礎日語的理解程度」。內容主要是教材內學習到的基礎日語，是否能閱讀以平假名、片假名還有常用漢字寫成的簡單句子和文章，以及是否能聽懂日常生活中簡短易懂的會話和情報。

由於讀解和聽解都是基於言語知識，即「文字」、「語彙」和「文法」而來，所以本書便以 N5 言語知識的內容為主，向讀者介紹 N5 範圍內的基礎日語。

N5 的測驗成績，是將原始得分等化後所得的分數。測驗成績分為「言語知識（文字、語彙、文法）、讀解」及「聽解」2 個部分，得分範圍分別是「言語知識（文字、語彙、文法）、讀解」0~120 分，「聽解」0~60 分，合計總分範圍是 0~180 分。總分及各科目得分皆需達到合格門檻才能通過考試。

以下為 N5 的測驗科目和計分方式：

測驗科目：

- 言語知識（文字、語彙）- 測驗時間 20 分鐘
- 言語知識（文法）、讀解 - 測驗時間 40 分鐘
- 聽解 - 測驗時間 30 分鐘

計分科目及得分範圍：

- 言語知識（文字、語彙、文法）、讀解 -0~120 分（合格門檻 38 分）
- 聽解 -0~60 分（合格門檻 19 分）
- 總分 -0~180 分（合格門檻 80 分）

合格門檻則是言語知識及讀解在 38 分以上，聽解 19 分以上，總分在 80 分以上。總分和分項成績都達到門檻才能合格。

※ 更多日本語能力試驗的介紹，可上 JLPT 官方網站查詢。

「言語知識」和「讀解」試題分析

N5 言語知識和讀解的題型，有以下幾種：

一、言語知識（文字、語彙）

　文字、語彙包含4個部分，分別是漢字讀音、單字寫法、句義脈絡、類義語，題型分析如下：

【題型1　漢字讀音】主旨在測驗漢字語彙的讀音。漢字對於以華語為母語的學習者來說雖然較簡單，但是 N5 考試中，因為漢字較少，多以平假名為主，因此在閱讀試題上需多費心。

例題

新しい　ビルですね。

1　あたらしい　　2　あだらしい

3　あらたしい　　4　あらだしい

【題型2　單字寫法】平假名片假名之間的轉換，或是由平假名推知漢字寫法。

例題

あの　れすとらんは　ゆうめいです。

1　レストフソ　　2　レストラン

3　レストフン　　4　レストラソ

【題型3　文脈規定】依題目的句義脈絡選擇適當的語彙。此題型除了測驗對字義的了解外，是否能了解題目的文意脈絡也是測驗重點。

例題

ここは　（　　）です。　べんきょうできません。

1　きれい　　2　やさしい　　3　うるさい　　4　わかい

【題型4　類義語】根據題目中的語彙或句子，選擇可以替換的類義詞或句子。此類題型是測驗學習者對字彙認識的廣度。

例題

わたしは　ぎんこうに　つとめて　います。

1　わたしは　ぎんこうで　かいものを　して　います。

2　わたしは　ぎんこうで　さんぽを　して　います。

3　わたしは　ぎんこうで　しごとを　して　います。

4　わたしは　ぎんこうで　やすんで　います。

二、言語知識(文法)、讀解

文法與讀解包含6個部分，大致是文法填空、句子重組及閱讀中篇短篇文章後依文脈回答問題。題型分析如下：

【題型1　文法填空】依文句內容選出適合的文法形式。

例題

弟(おとうと)　は　きょうしつ　(　　)　そうじを　しました。

1　が　　2　を　　3　に　　4　の

【題型2　句子重組】測驗是否能正確重組出句義通順的句子。此類題型需先重組句子再選出對應的答案。(用選項中的單字組出正確句子後，選出星號需填寫的單字)

例題

これは　きのう　わたし　＿＿＿　＿＿＿　＿★＿　＿＿＿　パンです。

1　が　　2　で　　3　かった　　4　デパート

【題型3　短文填空】閱讀一段短文後，依文章脈絡選擇適用的句子。

例題

スミスさんは　あした　じこしょうかいを　します。じこしょうかいの　ぶんしょうを　書(か)きました。

> みなさん、こんにちは。スミスです。
> わたしは　日本語学校(にほんごがっこう)で　毎日(まいにち)　べんきょうして　います。今(いま)は学校(がっこう)の　ちかくに　兄(あに)と　住(す)んでいます。兄(あに)が　いるから、＿＿＿。
> わたしは　日本(にほん)で　たくさん　友(とも)だちが　ほしいです。みなさん、うちに　あそびに　来(き)て　ください。
> どうぞ　よろしく　おねがいします。

1　さびしく　ありません
2　さびしく　ありませんでした
3　さびしく　ありませんか
4　さびしく　ありませんでしたか

【題型4　內容理解1】閱讀一段約80字短文後，回答相關問題。

例 題

先生(せんせい)が　リーさんに　手紙(てがみ)を　書(か)きました。

> リーさん
>
> 今週(こんしゅう)は　しごとが　たくさん　あります。
> 土曜日(どようび)と　日曜日(にちようび)も　いそがしいです。
> 来週(らいしゅう)の　月曜日(げつようび)に　来(き)て　ください。

しつもん　先生(せんせい)は　いつ　時間(じかん)が　ありますか。

1　今週(こんしゅう)　　2　土曜日(どようび)　　3　日曜日(にちようび)　　4　月曜日(げつようび)

【題型 5　內容理解 2】閱讀一段中等長度 (約 250 字) 的文章後，回答關於文章內容的問題。

例 題

> スミスさんの　うちは　町(まち)の　中(なか)の　べんりな　ところに　あります。
> となりに　はなやが　あります。前(まえ)は　ケーキやで、ケーキやの　となりは　にくやです。近(ちか)くに　くすりやと　さかなやも　あります。ぎんこうと　としょかんも　あります。
> 今日(きょう)の　ゆうがた、スミスさんの　友(とも)だちが　あそびに　来(き)ます。スミスさんは　さかなの　りょうりを　つくりたいです。れいぞうこの　中に　さかなが　ありません。デザートも　ありませんから、　スミスさんは　これから　買(か)いものに　でかけます。それから、としょかんへ　行(い)って、本(ほん)を　借(か)ります。

しつもん　スミスさんは　今日(きょう)　どこへ　行(い)きますか。

1　さかなや、ケーキや、ぎんこう
2　さかなや、ケーキや、としょかん
3　にくや、ケーキや、ぎんこう
4　にくや、さかなや、としょかん

【題型 6　情報檢索】從題目中會給予相關的情報或資訊，閱讀後再根據題目找出有用的資料。

例 題

したの表は、「電車の　時間」と　「バスの　時間」です。つぎの　ぶんを　読んで、しつもんに　こたえて　ください。

あした　ときめきビーチへ　行きます。大阪駅から　たんのわ駅まで　電車で　行って、たんのわ駅から　ときめきビーチまで　バスで　行きます。

うみに　午前　11 時　ごろ　着きたいです。

そして、電車は　安いほうが　いいです。

電車の時間

電車	大阪駅→たんのわ駅	
やまと①	8：30	10：30
きんき①	9：15	10：15
やまと③	9：30	11：30
きんき③	10：15	11：15

お金　やまと：2500 円

　　　きんき：4500 円

バス（やまと号）の時間

たんのわ駅→ときめきビーチ	
10：40	11：00
11：40	12：00

お金　やまと：500 円

しつもん　電車は　どれに　乗りますか。

1　やまと①　　2　きんき①　　3　やまと③　　4　きんき③

※ 例題解答請見第 315 頁

保證得分！日檢 言語知識 N5 文法・文字・語彙

名詞篇

認識名詞

說明

名詞是用來表示人、事、物的名稱，或是表示抽象概念的詞。日文的名詞沒有單複數的變化。除了下面舉例的單字外，還可參考單字篇中更多名詞。

畫重點

1、普通名詞：廣泛指稱同一事物的名詞

上班族	会社員（かいしゃいん）	ka.i.sha.i.n.
貓	猫（ねこ）	ne.ko.
蔬菜	野菜（やさい）	ya.sa.i.
書	本（ほん）	ho.n.

2、外來語：自其他語言音譯而來的名詞

電視	テレビ	te.re.bi.
智慧型手機	スマホ	su.ma.ho.
提包 / 背包	カバン	ka.ba.n.
麵包	パン	pa.n.

3、固有名詞：事物的固定名稱，如地名、人名...等

東京	東京（とうきょう）	to.u.kyo.u.
名古屋	名古屋（なごや）	na.go.ya.
富士山	富士山（ふじさん）	fu.ji.sa.n.
佐藤	佐藤（さとう）	sa.to.u.

4、動詞性名詞：用來表示動作的名詞

學習 / 讀書	勉強（べんきょう）	be.n.kyo.u.
運動	運動（うんどう）	u.n.do.u.
打掃	掃除（そうじ）	so.u.ji.
散步	散歩（さんぽ）	sa.n.po.

5、數詞：又稱數名詞、數量詞；用以表示事物的個數、數量的名詞，通常會伴隨著單位和助數詞（更多數字可以參考數字時間篇）

一個	一つ（ひとつ）	hi.to.tsu.
每個月的一號	一日（ついたち）	tsu.i.ta.chi.
兩個人	二人（ふたり）	fu.ta.ri.
三個	三つ（みっつ）	mi.ttsu.
1 個	1 個（いっこ）	i.kko.
2000 年	2000 年（にせんねん）	ni.se.n.ne.n.
3 公分	3（さん）センチ	sa.n.se.n.chi.

6、代名詞：代名詞是屬於名詞的一種，指的是「代替名詞的詞」。又可分為指示代名詞和人稱代名詞。

6.1 指示代名詞：用來代指特定事物、地點、方向等的名詞

近距離（靠近說話者）		
這個	これ	ko.re.
這裡	ここ	ko.ko.

這邊	こちら／こっち	ko.chi.ra./ko.cchi.
中距離（靠近聽話者）		
那個	それ	so.re.
那裡	そこ	so.ko.
那邊	そちら／そっち	so.chi.ra./so.cchi.
遠距離（距兩者皆遠）		
那個	あれ	a.re.
那裡	あそこ	a.so.ko.
那邊	あちら／あっち	a.chi.ra./a.cchi.
不定稱		
哪個	どれ	do.re.
哪裡	どこ	do.ko.
哪邊	どちら／どっち	do.chi.ra./do.cchi.

6.2 人稱代名詞：即為一般所說的「你、我、他」，日文依照說話的對象不同，會使用不同的人稱代名詞

第一人稱（自稱）		
我	わたくし／わたし	wa.ta.ku.shi./wa.ta.shi.
我們	わたしたち	wa.ta.shi.ta.chi.
第二人稱（對稱）		
你	あなた	a.na.ta.

MP3
005

你們	あなた達（たち）	a.na.ta..ta.chi.
您們	あなた方（がた）	a.na.ta.ga.ta.
第三人稱（他稱）		
這一位	この方（かた）	ko.no.ka.ta.
這個人	この人（ひと）	ko.no.hi.to.
那一位	その方（かた）	so.no.ka.ta.
那個人	その人（ひと）	so.no.hi.to.
較遠的那一位	あの方（かた）	a.no.ka.ta.
較遠的那個人	あの人（ひと）	a.no.hi.to.
他	彼（かれ）	ka.re.
他們	彼（かれ）ら	ka.re.ra.
她	彼女（かのじょ）	ka.no.jo.
她們	彼女達（かのじょたち）	ka.no.jo.ta.chi.
哪一位	どなた	do.na.ta.
哪個人	どの人（ひと）	do.no.hi.to.
哪一位	どなた様（さま）	do.na.ta.sa.ma.
哪位	どなた	do.na.ta.
哪一位	どの方（かた）	do.no.ka.ta.
誰	誰（だれ）	da.re.

名詞句 - 同等並列

せんせい　がくせい
先生と学生です。
se.n.se.i.to./ga.ku.se.i.de.su.
老師和學生。

說明

　　要在一個句子中用到兩個以上的名詞，而名詞間沒有順序只是同等並列時，就用助詞「と」來連接兩個名詞。如果句中的名詞超過 3 個並列時，前面的名詞用「と」或「、」連接，最後兩個名詞之間再用「と」。

畫重點

表示同等並列關係：

A と B です

（A、B：名詞 / と：和 / です：助動詞）

文法放大鏡

表示並列的助詞除了「と」之外，還有「や」。不同之處在於「と」是將想要敘述的事物全部列出。而「や」則是在幾個事物中只舉出兩、三個作為代表。關於「や」的用法可以參考第 148 頁助詞篇。

例句

ぶちょう　ぶか
部長と部下です。
bu.cho.u.to./bu.ka.de.su.
部長和部下。

りんごとバナナです。
ri.n.go.to./ba.na.na./de.su.
蘋果和香蕉。

ほん　ざっし
本、ノートと雑誌です。
ho.n./no.o.to.to./za.sshi.de.su.
書、筆記和雜誌。

名詞句 - 所屬關係

高校(こうこう)の先生(せんせい)です。

ko.u.ko.u.no./se.n.se.i.de.su.

高中的老師。

說明

兩個名詞之間若為所屬關係就用「の」來表示，「の」是「的」之意。若句中在「の」之後的名詞是已知或重複出現的名詞時則可以省略。

畫重點

表示所有、所屬關係

A の B です

A のです

(A：名詞 / の：的 / です：助動詞)

例 句

社長(しゃちょう)の息子(むすこ)です。

sha.cho.u.no./mu.su.ko.de.su.

老闆的兒子。

何時(なんじ)の飛行機(ひこうき)ですか。

na.n.ji.no./hi.ko.u.ki.de.su.ka.

幾點的飛機呢？

彼女(かのじょ)のコップはこれです。

ka.no.jo.no./ko.ppu.wa./ko.re.de.su.

她的杯子是這個。

この荷物(にもつ)はわたしのです。

ko.no./ni.mo.tsu.wa./wa.ta.shi.no.de.su.

這是我的行李。

(原句為「この荷物(にもつ)はわたしの荷物(にもつ)です」，省略後面重複的「荷物(にもつ)」。)

名詞句 - 非過去肯定

わたしは学生(がくせい)です。
wa.ta.shi.wa./ga.ku.se.i.de.su.
我是學生。

說明

非過去肯定是最基礎的句型形態，因為日文裡未來和現在都是用同樣的句型表示，本書統稱為「非過去」。名詞句的非過去肯定句型是「A は B です」。其中 A 和 B 都是名詞，句中的「です」表示對主題的說明或認定。

畫重點

名詞句的非過去肯定句型：
A は B です
（A、B：名詞 / は：是 / です：助動詞）

例句

彼(かれ)は台湾人(たいわんじん)です。
ka.re.wa./ta.i.wa.n.ji.n.de.su.
他是台灣人。

今日(きょう)は土曜日(どようび)です。
kyo.u.wa./do.yo.u.bi.de.su.
今天是星期六。

これはパンです。
ko.re.wa./pa.n.de.su.
這是麵包。

ここは公園(こうえん)です。
ko.ko.wa./ko.u.e.n./de.su.
這裡是公園。

名詞句 - 非過去否定

わたしは学生（がくせい）ではありません。
wa.ta.shi.wa./ga.ku.se.i./de.wa.a.ri.ma.se.n.
我不是學生。

わたしは学生（がくせい）じゃありません。
wa.ta.shi.wa./ga.ku.se.i./ja.a.ri.ma.se.n.
我不是學生。

說明

非過去的否定句，是將肯定句型句尾的「です」改成否定形的「ではありません」或「じゃありません」，其他部分則不變。「じゃありません」是由「ではありません」發音變化而來，兩者意思相同。

畫重點

名詞句的非過去否定句型：
A は B ではありません
A は B じゃありません
(A、B：名詞 / は：是 /
ではありません、じゃありません：です的否定形)

例句

わたしは日本人（にほんじん）ではありません。
wa.ta.shi.wa./ni.ho.n.ji.n./de.wa.a.ri.ma.se.n.
我不是日本人。

今（いま）は 3 月（さんがつ）じゃありません。
i.ma.wa./sa.n.ga.tsu./ja.a.ri.ma.se.n.
現在不是 3 月。

名詞句 - 過去肯定

わたしは学生(がくせい)でした。

wa.ta.shi.wa./ga.ku.se.i.de.shi.ta.

我曾經是學生。

説明

「です」的過去式是「でした」。所以把非過去肯定句的句尾「です」改成「でした」即完成名詞句的過去肯定句型。

畫重點

名詞句的過去肯定句型：

AはBでした

(A、B：名詞 /は：是 /でした：です的過去式)

例句

1年前(いちねんまえ)、わたしは会社員(かいしゃいん)でした。

i.chi.ne.n.ma.e./wa.ta.shi.wa./ka.i.sha.i.n.de.shi.ta.

1年前，我曾是上班族。

昨日(きのう)は休(やす)みでした。

ki.no.u.wa./ya.su.mi.de.shi.ta.

昨天是休假日。

ここは学校(がっこう)でした。

ko.ko.wa./ga.kko.u.de.shi.ta.

這裡曾經是學校。

昨日(きのう)はいい天気(てんき)でした。

ki.no.u.wa./i.i.te.n.ki.de.shi.ta.

昨天是好天氣。

あの人(ひと)は課長(かちょう)でした。

a.no.hi.to.wa./ka.cho.u.de.shi.ta.

那個人曾經當過課長。

名詞句 - 過去否定

わたしは学生（がくせい）ではありませんでした。
wa.ta.shi.wa./ga.ku.se.i./de.wa.a.ri.ma.se.n.de.shi.ta.
我以前不是學生。

わたしは学生（がくせい）じゃありませんでした。
wa.ta.shi.wa./ga.ku.se.i./ja.a.ri.ma.se.n.de.shi.ta.
我以前不是學生。

說明

將名詞句的非過去否定字尾「ではありません」加上「でした」即完成過去否定的句型。同樣的，「ではありませんでした」也可說「じゃありませんでした」，兩者意思相同。

畫重點

名詞句的過去否定句型有下列兩種：
A は B ではありませんでした
A は B じゃありませんでした
(A、B：名詞 / は：是 /
ではありませんでした、じゃありませんでした：です的過去否定形)

例句

昨日（きのう）は休（やす）みではありませんでした。
ki.no.u.wa./ya.su.mi./de.wa.a.ri.ma.se.n.de.shi.ta.
昨天不是假日。

先月（せんげつ）は2月（にがつ）ではありませんでした。
se.n.ge.tsu.wa./ni.ga.tsu./de.wa.a.ri.ma.se.n.de.shi.ta.
上個月不是2月。

おとといは雨（あめ）じゃありませんでした。
o.to.to.i.wa./a.me./ja.a.ri.ma.se.n.de.shi.ta.
前天不是雨天。

名詞句 - 疑問

あなたは学生(がくせい)ですか。
a.na.ta.wa./ga.ku.se.i.de.su.ka.
請問你是學生嗎？

說明

「か」放在句尾，用於表示疑問。因此在各種句型最後加上表示疑問的「か」就完成疑問句的句型。在日文正式的文法中不使用問號，所以疑問句也用句號結尾。但日常生活還是會使用問號或驚嘆號等符號。

畫重點

在名詞句型最後加上「か」即完成疑問句。

名詞句 - 非過去肯定疑問
A は B ですか
(A、B：名詞 / は：是 / です：助動詞 / か：終助詞，表示疑問)

名詞句 - 非過去否定疑問句
A は B ではありませんか
A は B じゃありませんか
(A、B：名詞 / は：是 /
ではありません、じゃありません：です的否定形　/ か：表示疑問)

名詞句 - 過去肯定疑問
A は B でしたか
(A、B：名詞 / は：是 /
でした：です的過去式 / か：終助詞，表示疑問)

名詞句 - 過去否定疑問
A は B ではありませんでしたか
A は B じゃありませんでしたか
(A、B：名詞 / は：是 /
ではありませんでした、じゃありませんでした：です的過去否定形
/ か：終助詞，表示疑問)

例句

これは辞書ですか。

ko.re.wa./ji.sho.de.su.ka.

這是字典嗎？（非過去肯定疑問）

それは砂糖ですか、塩ですか。

so.re.wa./sa.to.u.de.su.ka./shi.o.de.su.ka.

那是糖，還是鹽呢？（非過去肯定疑問）

明日は日曜日ではありませんか。

a.shi.ta.wa./ni.chi.yo.u.bi./de.wa.a.ri.ma.se.n.ka.

明天不是星期天嗎？（非過去否定疑問）

あの人は部長じゃありませんか。

a.no.hi.to.wa./bu.cho.u./ja.a.ri.ma.se.n.ka.

那個人不是部長嗎？（非過去否定疑問）

昨日は雨でしたか。

ki.no.u.wa./a.me.de.shi.ta.ka.

昨天是雨天嗎？（過去肯定疑問）

先週は休みではありませんでしたか。

se.n.shu.u.wa./ya.su.mi./de.wa.a.ri.ma.se.n.de.shi.ta.ka.

上星期不是放假嗎？（過去否定疑問）

昨日は晴れじゃありませんでしたか。

ki.no.u.wa./ha.re./ja.a.ri.ma.se.n.de.shi.ta.ka.

昨天不是晴天嗎？（過去否定疑問）

大学の先生は鈴木先生じゃありませんでしたか。

da.i.ga.ku.no./se.n.se.i.wa./su.zu.ki.se.n.se.i.ja./a.ri.ma.se.n.de.shi.ta.ka.

大學時代的老師不是鈴木老師嗎？（過去否定疑問）

文法補給站

「はい／いいえ」的用法

說明

前面學會了疑問句型，而回答問題時，則會用表示肯定的「はい」(是)及表示否定的「いいえ」(不是)。

畫重點

例如以下的問句：

あなたは会社員（かいしゃいん）ですか。

a.na.ta.wa./ka.i.sha.i.n./de.su.ka.

你是上班族嗎？

如果答案是肯定的，就回答：

はい、わたしは会社員（かいしゃいん）です。

ha.i./wa.ta.shi.wa./ka.i.sha.i.n./de.su.

是的，我是上班族。

如果回答是否定的，則說：

いいえ、わたしは会社員（かいしゃいん）ではありません。

i.i.e./wa.ta.shi.wa./ka.i.sha.i.n./de.wa.a.ri.ma.se.n.

不，我不是上班族。

也可以加以補充：

いいえ、わたしは会社員（かいしゃいん）ではありません。学生（がくせい）です。

i.i.e./wa.ta.shi.wa./ka.i.sha.i.n./de.wa.a.ri.ma.se.n./ga.ku.se.i.de.su.

不，我不是上班族。是學生。

或是簡化回答：

いいえ、わたしは学生（がくせい）です。

i.i.e./wa.ta.shi.wa./ ga.ku.se.i.de.su.

不，我是學生。

名詞句 - 連續敘述

弟は7歳で、学生です。

o.to.u.to.wa./na.na.sa.i.de./ga.ku.se.i.de.su.

弟弟 7 歲，是學生。

說明

將兩個名詞句簡化合併成一句以連續敘述或前後對照時，可以用「で」將前一個句子暫時中斷，再接下一個名詞句。例如：

1. **弟は 7 歳です。(弟弟 7 歲)**
2. **弟は学生です。(弟弟是學生)**

將兩個句子合併敘述時，先把第 1 句的です改成で：

弟は 7 歳で、弟は学生です。

(弟弟 7 歲，弟弟是學生。)

由於主語都是「弟」，把第 2 句的重複的「弟」刪除：

弟は 7 歳で、学生です。

如果前後句子的主語並不相同，那麼後句的主語就不可省略。

文法放大鏡

用「で」將長句中斷的形式，在日語文法中稱為「中止形」。日文中名詞、い形容詞、な形容詞和動詞都有不同的中止形形式，其中名詞和な形容詞的中止形都是用「で」，而形容詞和動詞則是用「て」。

例句

きのうは土曜日で、金曜日ではありませんでした。

ki.no.u.wa./do.yo.u.bi.de./ki.n.yo.u.bi.de.wa./a.ri.ma.se.n.de.shi.ta.

昨天是星期六，不是星期五。

上はデパートで、下は駅です。

u.e.wa./de.pa.a.to.de./shi.ta.wa./e.ki.de.su.

上面是百貨公司，下面是車站。

名詞的應用句型 - 表達需求

スカートがほしいです。

su.ka.a.to.ga./ho.shi.i.de.su.

想要裙子。

說明

表達想要什麼、想做什麼的時候，可以用「名詞＋がほしいです」的句型，「ほしい」是「想要」的意思。

畫重點

名詞＋がほしいです

例句

もっと休(やす)みがほしいです。

mo.tto./ya.su.mi.ga./ho.shi.i.de.su.

想要多一點休假。(休(やす)み：休假、休息，屬於名詞)

今(いま)、何(なに)がほしいですか。

i.ma./na.ni.ga./ho.shi.i.de.su.ka.

現在想要什麼呢？

お金(かね)がほしいです。

o.ka.ne.ga./ho.shi.i.de.su.

想要錢。

車(くるま)がほしいです。

ku.ru.ma.ga./ho.shi.i.de.su.

想要車。

彼女(かのじょ)がほしいです。

ka.no.jo.ga./ho.shi.i.de.su.

想交女友。

MP3 011

文法補給站

名詞句總覽

句型		例句
同等並列		ナイフとフォークです。 na.i.fu.to./fo.o.ku.de.su. 刀和叉。
所屬關係		会社(かいしゃ)の車(くるま)です。 ka.i.sha.no./ku.ru.ma.de.su. 公司的車。
基礎句型		会社員(かいしゃいん)です。 ka.i.sha.i.n.de.su. 是上班族。
非過去	肯定	彼女(かのじょ)は会社員(かいしゃいん)です。 ka.no.jo.wa./ka.i.sha.i.n.de.su. 她是上班族。
	肯定疑問	彼女(かのじょ)は会社員(かいしゃいん)ですか。 ka.no.jo.wa./ka.i.sha.i.n.de.su.ka. 她是上班族嗎？
	否定	彼女(かのじょ)は会社員(かいしゃいん)ではありません。 ka.no.jo.wa./ka.i.sha.i.n./de.wa.a.ri.ma.se.n. 她不是上班族。 彼女(かのじょ)は会社員(かいしゃいん)じゃありません。 ka.no.jo.wa./ka.i.sha.i.n./ja.a.ri.ma.se.n. 她不是上班族。
	否定疑問	彼女(かのじょ)は会社員(かいしゃいん)ではありませんか。 ka.no.jo.wa./ka.i.sha.i.n./de.wa.a.ri.ma.se.n.ka. 她不是上班族嗎？ 彼女(かのじょ)は会社員(かいしゃいん)じゃありませんか。 ka.no.jo.wa./ka.i.sha.i.n./ja.a.ri.ma.se.n.ka. 她不是上班族嗎？

<table>
<tr><td rowspan="6">過去</td><td>肯定</td><td>きのうは月曜日（げつようび）でした。
ki.no.u.wa./ge.tsu.yo.u.bi.de.shi.ta.
昨天是星期一。</td></tr>
<tr><td>肯定疑問</td><td>きのうは月曜日（げつようび）でしたか。
ki.no.u.wa./ge.tsu.yo.u.bi.de.shi.ta.ka.
昨天是星期一嗎？</td></tr>
<tr><td rowspan="2">否定</td><td>きのうは月曜日（げつようび）ではありませんでした。
ki.no.u.wa./ge.tsu.yo.u.bi./de.wa.a.ri.ma.se.n.de.shi.ta.
昨天不是星期一。</td></tr>
<tr><td>きのうは月曜日（げつようび）じゃありませんでした。
ki.no.u.wa./ge.tsu.yo.u.bi./ja.a.ri.ma.se.n.de.shi.ta.
昨天不是星期一。</td></tr>
<tr><td rowspan="2">否定疑問</td><td>きのうは月曜日（げつようび）ではありませんでしたか。
ki.no.u.wa./ge.tsu.yo.u.bi./de.wa.a.ri.ma.se.n.de.shi.ta.ka.
昨天不是星期一嗎？</td></tr>
<tr><td>きのうは月曜日（げつようび）じゃありませんでしたか。
ki.no.u.wa./ge.tsu.yo.u.bi./ja.a.ri.ma.se.n.de.shi.ta.ka.
昨天不是星期一嗎？</td></tr>
<tr><td colspan="2">連續敘述</td><td>サムさんは学生（がくせい）で、アメリカ人（じん）です。
sa.mu.sa.n.wa./ga.ku.se.i.de./a.me.ri.ka.ji.n.de.su.
山姆先生是學生，美國人。</td></tr>
<tr><td colspan="2">表達需求</td><td>チケットがほしいです。
chi.ke.tto.ga./ho.shi.i.de.su.
想要票。</td></tr>
</table>

保證得分！日檢言語知識 N5 文法·文字·語彙

い形容詞篇

認識い形容詞

說明

形容詞是用來表示性質、狀態或是感覺、情感。日文的形容詞可分為是「い形容詞」和「な形容詞」兩種。大致上的分辨方法，是字尾為「い」結尾的形容詞為「い形容詞」。（但是偶爾會有例外，可參考「な形容詞篇」）在單字附錄第 308 頁中，有更多的い形容詞可供參考。

例詞

高	高（たか）い	ta.ka.i.
好吃	おいしい	o.i.shi.i.
黑的	黒（くろ）い	ku.ro.i.
甜的	甘（あま）い	a.ma.i.
高興的	嬉（うれ）しい	u.re.shi.i.
有趣的	面白（おもしろ）い	o.mo.shi.ro.i.
小的	小（ち）さい	chi.i.sa.i.
大的	大（おお）きい	o.o.ki.i.
體貼的／簡單的	やさしい	ya.sa.shi.i.
寒冷的	さむい	sa.mu.i.
炎熱的	あつい	a.tsu.i.
暖的	あたたかい	a.ta.ta.ka.i.
長的	ながい	na.ga.i.

MP3 013

い形容詞＋名詞

高(たか)いビルです。
ta.ka.i./bi.ru.de.su.
很高的大樓。

說明

「い形容詞」用來修飾名詞時，不需任何文法變化或助詞連接，直接把い形容詞加上名詞即可。如果句中的名詞前面已經出現過，可以用「の」來代替，變成「い形容詞＋の」。

畫重點

い形容詞後面直接加上名詞，即可用來修飾名詞。

い形容詞＋名詞

い形容詞＋の

例句

おいしいパンです。
o.i.shi.i./pa.n.de.su.
好吃的麵包。

面白(おもしろ)い映画(えいが)です。
o.mo.shi.ro.i./e.i.ga.de.su.
有趣的電影。

優(やさ)しい人(ひと)です。
ya.sa.shi.i./hi.to.de.su.
體貼的人。

わたしのコートはあの白(しろ)いのです。
wa.ta.shi.no./ko.o.to.wa./a.no./shi.ro.i.no.de.su.
我的大衣是那件白色的。
(原句為「わたしのコートはあの白(しろ)いコートです」，用「の」取代前面出現過的「コート」。)

い形容詞＋動詞

高(たか)く跳(と)びます。

ta.ka.ku./to.bi.ma.su.

跳得很高。

說明

將「い形容詞」放在動詞前面時，要把「い」改成「く」，此時詞性變成副詞，就完成修飾動詞的文法變化。（動詞用法請見動詞基礎篇）

例句

おいしく食(た)べます。

o.i.shi.ku./ta.be.ma.su.

津津有味地吃。（おいしい→おいしく）

小(ちい)さく切(き)ります。

chi.i.sa.ku./ki.ri.ma.su.

切成小的。（小(ちい)さくい→小(ちい)さくく）

大(おお)きく書(か)きます。

o.o.ki.ku./ka.ki.ma.su.

大大地寫出來。（大(おお)きい→大(おお)きく）

面白(おもしろ)くなります。

o.mo.shi.ro.ku./na.ri.ma.su.

變得有趣。（面白(おもしろ)い→面白(おもしろ)く）

嬉(うれ)しくなります。

u.re.shi.ku./na.ri.ma.su.

變得開心。（嬉(うれ)しい→嬉(うれ)しく）

い形容詞 - 連續敘述

たかくてとおいです。
高くて遠いです。
ta.ka.ku.te./to.o.i.de.su.
又高又遠。

說明

句子中連續用兩個形容詞來敘述時，把「い形容詞」的「い」變成「くて」，後面再加上形容詞（在後面的形容詞不用變化）。

例句

甘くておいしいです。
a.ma.ku.te./o.i.shi.i.de.su.
既甜又好吃。（甘い→甘くて）

おいしくて甘いです。
o.i.shi.ku.te./a.ma.i.de.su.
既好吃又甜。（おいしい→おいしくて）

小さくて黒いです。
chi.i.sa.ku.te./ku.ro.i.de.su.
既小又黑。（小さい→小さくて）

黒くて小さいです。
ku.ro.ku.te./chi.i.sa.i.de.su.
既黑又小。（黒い→黒くて）

優しくて面白い人です。
ya.sa.shi.ku.te./o.mo.shi.ro.i./hi.to.de.su.
既溫柔又有趣的人。（優い→優くて）

面白くて優しい人です。
o.mo.shi.ro.ku.te./ya.sa.shi.i./hi.to.de.su.
既有趣又溫柔的人。（面白い→面白くて）

い形容詞句 - 非過去肯定

ケーキはおいしいです。
ke.e.ki.wa./o.i.shi.i.de.su.
蛋糕很好吃。

說明

　　用形容詞描述事物特色時，通常是在名詞後面用「は」連接形容詞。此外也可以不將主語名詞說出來，只單用形容詞來表達。

畫重點

い形容詞句的基本句型（非過去肯定）是：
Aは＋い形容詞です
（A：名詞／は：是／です：助動詞）

例句

時間(じかん)は長(なが)いです。
ji.ka.n.wa./na.ga.i.de.su.
時間很長。

駐車場(ちゅうしゃじょう)は小(ち)さいです。
chu.u.sha.jo.u.wa./chi.i.sa.i.de.su.
停車場很小。

映画(えいが)は面白(おもしろ)いです。
e.i.ga.wa./o.mo.shi.ro.i.de.su.
電影很有趣。

このいちごは甘(あま)いです。
ko.no./i.chi.go.wa./a.ma.i.de.su.
這個草莓很甜。

い形容詞句 - 非過去否定

MP3 015

ケーキはおいしくないです。
ke.e.ki.wa./o.i.shi.ku.na.i.de.su.
蛋糕不好吃。

ケーキはおいしくありません。
ke.e.ki.wa./o.i.shi.ku.a.ri.ma.se.n.
蛋糕不好吃。

說明

い形容詞的否定形有兩種變化方式，第一種是將字尾的「い」改成「くない」，而句尾的「です」則不變。例如：

おいしいです→おいしくないです

除這種變化方法外，也可以將字尾的「い」改成「くありません」；

おいしいです→おいしくありません

「ありません」是動詞「沒有」的意思，在動詞前面的形容詞要去掉「い」改加上「く」。(可參考第 42 頁)

畫重點

い形容詞的否定形：
「い」→「くない」(字尾的「い」改成「く」再加上「ない」)

い形容詞句 - 非過去否定：
Aは＋い形容詞~~い~~＋くないです
Aは＋い形容詞~~い~~＋くありません
(A：名詞 / は：是)

例句

値段(ねだん)は高(たか)くないです。
ne.da.n.wa./ta.ka.ku.na.i.de.su.
價格不高。(高(たか)いです→高(たか)くないです)

冬(ふゆ)は寒(さむ)くないです。

fu.yu.wa./sa.mu.ku.na.i.de.su.

冬天不冷。（寒(さむ)いです→寒(さむ)くないです）

冬(ふゆ)は寒(さむ)くありません。

fu.yu.wa./sa.mu.ku.a.ri.ma.se.n.

冬天不冷。（寒(さむ)いです→寒(さむ)くありません）

仕事(しごと)は多(おお)くないです。

shi.go.to.wa./o.o.ku.na.i.de.su.

工作不多。（多(おお)いです→多(おお)くないです）

仕事(しごと)は多(おお)くありません。

shi.go.to.wa./o.o.ku.a.ri.ma.se.n.

工作不多。（多(おお)いです→多(おお)くありません）

会社(かいしゃ)は大(おお)きくありません。

ka.i.sha.wa./o.o.ki.ku.a.ri.ma.se.n.

公司不大。（大(おお)いです→大(おお)くありません）

服(ふく)は白(しろ)くありません。

fu.ku.wa./shi.ro.ku.a.ri.ma.se.n.

衣服不是白的。（白(しろ)いです→白(しろ)くありません）

このゲームはおもしろくありません。

ko.no./ge.e.mu.wa./o.mo.shi.ro.ku./a.ri.ma.se.n.

這遊戲不有趣。（おもしろいです→おもしろくありません）

部屋(へや)は広(ひろ)くありません。

he.ya.wa./hi.ro.ku.a.ri.ma.se.n.

房間不寬敞。（広(ひろ)いです→広(ひろ)くありません）

MP3 016

い形容詞句 - 過去肯定

ケーキはおいしかったです。
ke.e.ki.wa./o.i.shi.ka.tta.de.su.
(吃完後說)蛋糕很好吃。

說 明

い形容詞的過去式，是把い形容詞去掉了字尾的「い」改成「かった」，如「おいしい→おいしかった」，然後句子最後面加上「です」，即完成形容詞句的過去肯定。「い」改成「かった」已經能表示過去的時態，所以「です」不需要換成「でした」。

畫 重 點

い形容詞的過去式：
字尾的「い」改成「かった」

い形容詞句 - 過去肯定：
Aは+い形容詞過去式です
(A：名詞 / は：是 / です：助動詞)

例 句

値段（ねだん）は高（たか）かったです。
ne.da.n.wa./ta.ka.ka.tta.de.su.
價格曾經很高。(高（たか）い→高（たか）かった)

去年（きょねん）の冬（ふゆ）は寒（さむ）かったです。
kyo.ne.n.no./fu.yu.wa./sa.mu.ka.tta.de.su.
去年的冬天很冷。(寒（さむ）い→寒（さむ）かった)

仕事（しごと）は多（おお）かったです。
shi.go.to.wa./o.o.ka.tta.de.su.
工作曾經很多。(多（おお）い→多（おお）かった)

公園(こうえん)は大(おお)きかったです。
ko.u.e.n.wa./o.o.ki.ka.tta.de.su.
公園曾經很大。（大(おお)い→大(おお)かった）

きのうはたのしかったです。
ki.no.u.wa./ta.no.shi.ka.tta.de.su.
昨天很開心。（たのしい→たのしかった）

会議(かいぎ)は長(なが)かったです。
ka.i.gi.wa./na.ga.ka.tta.de.su.
會議進行得很漫長。（長(なが)い→長(なが)かった）

文法放大鏡

不同於名詞句的過去式是句尾「です→でした」的變化，い形容詞則是直接改變形容詞的形式，而保留句尾的「です」。

【名詞句的過去肯定句型】

A は B でした。

【い形容詞句的過去肯定句型】

A は ＋ い形容詞過去式です。

為了熟悉い形容詞的過去式變化，以下列出一些 N5 的單字做更多的練習。也可自行利用第 308 頁單字表練習過去式的變化。

中文	い形容詞	い形容詞過去式
溫暖的	暖(あたた)かい	暖(あたた)かかった
(天氣)熱的／炎熱的	暑(あつ)い	暑(あつ)かった
厚的	厚(あつ)い	厚(あつ)かった
危險的	危(あぶ)ない	危(あぶ)かった
好的	いい／よい	よかった
忙碌的	忙(いそが)しい	忙(いそが)しかった

MP3
017

い形容詞句 - 過去否定

ケーキはおいしくなかったです。
ke.e.ki.wa./o.i.shi.ku.na.ka.tta.de.su.
蛋糕不好吃。

ケーキはおいしくありませんでした。
ke.e.ki.wa./o.i.shi.ku.a.ri.ma.se.n.de.shi.ta.
蛋糕不好吃。

說明

在過去肯定的句型中曾經說過，い形容詞的過去式，是去掉了字尾的「い」改加上「かった」。而否定型中的「ない」，也是い形容詞。因此變化成過去式的時候，就變成了「おいしくなかった」。

除這種變化方法外，也可以寫成「おいしくありませんでした」；「ありません」是動詞「沒有」的意思，過去式要加上「でした」，因此句子成了：「ケーキはおいしくありませんでした」。
以「おいしい」為例，い形容詞過去否定的兩種變化如下：
肯定→否定→過去否定
おいしいです→おいしくないです→おいしくなかったです
おいしいです→おいしくありません→おいしくありませんでした

畫重點

い形容詞肯定→否定→過去否定
~いです→ ~くないです→ ~くなかったです
~いです→ ~くありません→ ~くありませんでした

例句

値段(ねだん)は高(たか)くなかったです。
ne.da.n.wa./ta.ka.ku.na.ka.tta.de.su.
過去的價格不高。（高(たか)くないです→高(たか)くなかったです）

去年(きょねん)の冬(ふゆ)は寒(さむ)くなかったです。

kyo.ne.n.no./fu.yu.wa./sa.mu.ku.na.ka.tta.de.su.

去年的冬天不冷。（寒(さむ)くないです→寒(さむ)くなかったです）

仕事(しごと)は多(おお)くなかったです。

shi.go.to.wa./o.o.ku.na.ka.tta.de.su.

過去的工作不多。（多(おお)くないです→多(おお)くなかったです）

昨日(きのう)のパーティーはたのしくありませんでした。

ki.no.u.no./pa.a.ti.i.wa./ta.no.shi.ku.a.ri.ma.se.n.de.shi.ta.

昨天的派對不盡興。

（たのしくありません→たのしきくありませんでした）

服(ふく)は白(しろ)くありませんでした。

fu.ku.wa./shi.ro.ku.a.ri.ma.se.n.de.shi.ta.

衣服以前不是白的。（白(しろ)くありません→白(しろ)くありませんでした）

文法放大鏡

以「やすい」（便宜）為例，比較い形容詞句的非過去和過去否定。

非過去否定句	やすくないです。 ya.su.ku.na.i.de.su. 不便宜。
	やすくありません。 ya.su.ku.a.ri.ma.se.n. 不便宜。
過去否定句	やすくなかったです。 ya.su.ku.na.ka.tta.de.su. （過去）不便宜。
	やすくありませんでした。 ya.su.ku.a.ri.ma.se.n.de.shi.ta. （過去）不便宜。

い形容詞句 - 疑問

說 明

い形容詞句的疑問句，是在句子最後加上表示疑問的「か」即完成。

例 句

仕事は多いですか。
shi.go.to.wa./o.o.i.de.su.ka.
工作很多嗎？(非過去肯定疑問)

値段は高くないですか。
ne.da.n.wa./ta.ka.ku.na.i.de.su.ka.
價格不高嗎？(非過去否定疑問)

夏は暑くありませんか。
na.tsu.wa./a.tsu.ku./a.ri.ma.se.n.ka.
夏天不熱嗎？(非過去否定疑問)

先週は寒かったですか。
se.n.shu.u.wa./sa.mu.ka.tta.de.su.ka.
上星期很冷嗎？(過去肯定疑問)

荷物は重くなかったですか。
ni.mo.tsu.wa./o.mo.ku.na.ka.tta.de.su.ka.
行李不重嗎？(過去否定疑問)

テストはやさしくありませんでしたか。
te.su.to.wa./ya.sa.shi.ku./a.ri.ma.se.n.de.shi.ta.ka.
考試不簡單嗎？(過去否定疑問)

きのうのケーキはおいしくありませんでしたか。
ki.no.u.no./ke.e.ki.wa./o.i.shi.ku./a.ri.ma.se.n.de.shi.ta.ka.
昨天的蛋糕不好吃嗎？(過去否定疑問)

文法補給站

い形容詞句總覽

句型		例句
基礎句型		涼(すず)しいです。 su.zu.shi.i.de.su. 很涼爽。
＋名詞		いい天気(てんき)です。 i.i./te.n.ki.de.su. 天氣很好。/ 好天氣。
＋の		父(ちち)の車(くるま)は青(あお)いのです。 chi.chi.no./ku.ru.ma.wa./a.o.i.no.de.su. 家父的車是藍色的。
＋動詞		楽(たの)しく遊(あそ)びます。 ta.no.shi.ku./a.so.bi.ma.su. 開心地遊玩。
連續敘述		スープは温(あたた)かくておいしいです。 su.u.pu.wa./a.ta.ta.ka.ku.te./o.i.shi.i.de.su. 湯熱熱的很好喝。(い形容詞 + い形容詞)
		このまちは大(おお)きくてにぎやかです。 ko.no.ma.chi.wa./o.o.ki.ku.te./ni.gi.ya.ka.de.su. 這個城市又大又熱鬧。(い形容詞 + な形容詞)
非過去	肯定	ドラマはおもしろいです。 do.ra.ma.wa./o.mo.shi.ro.i.de.su. 連續劇很有趣。
	肯定疑問	ドラマはおもしろいですか。 do.ra.ma.wa./o.mo.shi.ro.i.de.su.ka. 連續劇有趣嗎？

MP3
019

非過去	否定	ドラマはおもしろくないです。 do.ra.ma.wa./o.mo.shi.ro.ku.na.i.de.su. 連續劇不有趣。
		ドラマはおもしろくありません。 do.ra.ma.wa./o.mo.shi.ro.ku./a.ri.ma.se.n. 連續劇不有趣。
	否定疑問	ドラマはおもしろくないですか。 do.ra.ma.wa./o.mo.shi.ro.ku.na.i.de.su.ka. 連續劇不有趣嗎？
		ドラマはおもしろくありませんか。 do.ra.ma.wa./o.mo.shi.ro.ku./a.ri.ma.se.n.ka. 連續劇不有趣嗎？
過去	肯定	おとといは寒(さむ)かったです。 o.to.to.i.wa./sa.mu.ka.tta.de.su. 前天很冷。
	肯定疑問	おとといは寒(さむ)かったですか。 o.to.to.i.wa./sa.mu.ka.tta.de.su.ka. 前天很冷嗎？
	否定	おとといは寒(さむ)くなかったです。 o.to.to.i.wa./sa.mu.ku.na.ka.tta.de.su. 前天不冷。
		おとといは寒(さむ)くありませんでした。 o.to.to.i.wa./sa.mu.ku./a.ri.ma.se.n.de.shi.ta. 前天不冷。
	否定疑問	おとといは寒(さむ)くなかったですか。 o.to.to.i.wa./sa.mu.ku.na.ka.tta.de.su.ka. 前天不冷嗎？
		おとといは寒(さむ)くありませんでしたか。 o.to.to.i.wa./sa.mu.ku./a.ri.ma.se.n.de.shi.ta.ka. 前天不冷嗎？

保證得分！

日檢 言語知識 N5 文法・文字・語彙

な形容詞篇

認識な形容詞

說明

形容詞除了「い形容詞」還有「な形容詞」。「な形容詞」在日語文法中又稱為「形容動詞」。不像い形容詞都是以「い」結尾；「な形容詞」的字尾並沒有特殊的規則，而是因為在後面接名詞時，需要加上「な」字，所以稱為「な形容詞」。以下介紹幾個常見的「な形容詞」。

例詞

討厭的	嫌（いや）	i.ya.
相同	同じ（おなじ）	o.na.ji.
討厭的	嫌い（きらい）	ki.ra.i.
精神 / 朝氣	元気（げんき）	ge.n.ki.
安靜的	静か（しずか）	shi.zu.ka.
擅長 / 做得好	上手（じょうず）	jo.u.zu.
美麗的 / 乾淨的	きれい	ki.re.i.
方便的	べんり	be.n.ri.
辛苦 / 糟糕	たいへん	ta.i.he.n.
熱鬧	にぎやか	ni.gi.ya.ka.
珍惜 / 重要	たいせつ	ta.i.se.tsu.
細心 / 周到	ていねい	te.i.ne.i.

※嫌い（きらい）、きれい、ていねい雖然為い結尾，但是屬於「な形容詞」

な形容詞＋名詞

好(す)きなうたです。

su.ki.na./u.ta.de.su.

喜歡的歌。

說明

「な形容詞」後面接名詞時，要在形容詞後面加上「な」。如果是已經出現過或是文字脈絡上可知的名詞，可以用「の」來代替該名詞。

畫重點

な形容詞な ＋ 名詞
な形容詞な ＋ の

例句

静(しず)かな公園(こうえん)です。

shi.zu.ka.na./ko.u.e.n.de.su.

安靜的公園。

にぎやかなまちです。

ni.gi.ya.ka.na./ma.chi.de.su.

熱鬧的城市。

大変(たいへん)なしごとです。

ta.i.he.n.na./shi.go.to.de.su.

辛苦的工作。

きらいなうたです。

ki.ra.i.na./u.ta.de.su.

討厭的歌曲。

大切(たいせつ)なのは元気(げんき)です。

ta.i.se.tsu.na.no.wa./ge.n.ki.de.su.

最重要的就是健康。(此處的元気(げんき)是名詞，「健康」之意)

MP3 021

な形容詞 + 動詞

静か(しず)に食(た)べます。

shi.zu.ka.ni./ta.be.ma.su.

安靜地吃。

說明

「な形容詞」後面接動詞時，要加上「に」，將「な形容詞」轉為副詞之後，再加上動詞。

畫重點

な形容詞に + 動詞

例句

上手(じょうず)になります。

jo.u.zu.ni./na.ri.ma.su.

變得拿手。

元気(げんき)に答(こた)えます。

ge.n.ki.ni./ko.ta.e.ma.su.

有精神地回答。

好(す)きになります。

su.ki.ni./na.ri.ma.su.

變得喜歡。

ていねいに作(つく)ります。

te.i.ne.i.ni./tsu.ku.ri.ma.su.

仔細小心地製作。

きれいに書(か)きます。

ki.re.i.ni./ka.ki.ma.su.

漂亮的寫。 / 整齊的寫。

な形容詞 - 連續敘述

簡単(かんたん)で便利(べんり)です。

ka.n.ta.n.de./be.n.ri.de.su.

簡單又方便。

說明

句子中連續用兩個形容詞來敘述時，，如果是「な形容詞」在前面，就要在「な形容詞」後面加上「で」，後面再加上形容詞即可（在後面的形容詞不需變化）。

例句

きれいで静(しず)かです。

ki.re.i.de./shi.zu.ka.de.su.

既漂亮又文靜。 / 既整齊又安靜。

大変(たいへん)で複雑(ふくざつ)です。

ta.i.he.n.de./fu.ku.za.tsu.de.su.

既糟糕又複雜。

にぎやかで便利(べんり)です。

ni.gi.ya.ka.de./be.n.ri.de.su.

既熱鬧又方便。

元気(げんき)でかわいい人(ひと)です。

ge.n.ki.de./ka.wa.i.i./hi.to.de.su.

既有精神又可愛的人。

きれいでやさしい人(ひと)です。

ki.re.i.de./ya.sa.shi.i./hi.to.de.su.

既漂亮又體貼的人。

MP3
022

文法補給站

中止形－表示原因

說明

在形容詞句中需要用到兩個以上形容詞連續敘述時，會用「くて」(い形容詞)和「で」(な形容詞)，這種文法形式稱為「中止形」。中止形也可以用於表示原因，句型和連續敘述時的用法相同，後面也可以接動詞句。

例句

英語が難しくて嫌いです。
e.i.go.ga./mu.zu.ka.shi.ku.te./ki.ra.i.de.su.
因為英語很難，所以討厭。

音楽が上手で好きです。
o.n.ga.ku.ga./jo.u.zu.de./su.ki.de.su.
因為對音樂拿手，所以喜歡。

シャツが汚くて洗いました。
sha.tsu.ga./ki.ta.na.ku.te./a.ra.i.ma.shi.ta.
因為襯衫很髒，所以洗了。

寒くて、窓をしめました。
sa.mu.ku.te./ma.do.o./shi.me.ma.shi.ta.
因為很冷，所以關了窗。

このコンビニが便利で、よく行きます。
ko.no./ko.n.bi.ni.ga./be.n.ri.de./yo.ku./i.ki.ma.su.
這間超商很方便，所以常去。

そのドラマが有名で、見ました。
so.no./do.ra.ma.ga./yu.u.me.i.de./mi.ma.shi.ta.
那部連續劇很有名，所以看了。

な形容詞句 - 非過去肯定

先生(せんせい)は元気(げんき)です。
se.n.se.i.wa./ge.n.ki.de.su.
老師很有精神。

說明

な形容詞句的基礎句型「非過去肯定句」和名詞句相同，是在な形容詞後面直接加上「です」。

畫重點

な形容詞句 - 非過去肯定：
Aは + な形容詞です
(A：名詞 / は：是 / です：助動詞)

例句

図書館(としょかん)は静(しず)かです。
to.sho.ka.n.wa./shi.zu.ka.de.su.
圖書館很安靜。

スポーツは上手(じょうず)です。
su.po.o.tsu.wa./jo.u.zu.de.su.
運動很拿手。

大家(おおや)さんは親切(しんせつ)です。
o.o.ya.sa.n.wa./shi.n.se.tsu.de.su.
房東很親切。

仕事(しごと)は大変(たいへん)です。
shi.go.to.wa./ta.i.he.n.de.su.
工作很辛苦。

交通(こうつう)は不便(ふべん)です。
ko.u.tsu.u.wa./fu.be.n.de.su.
交通不方便。

な形容詞句 - 非過去否定

店員さんは親切ではありません。

te.n.i.n.sa.n.wa./shi.n.se.tsu./de.wa.a.ri.ma.se.n.

店員不親切。

店員さんは親切じゃありません。

te.n.i.n.sa.n.wa./shi.n.se.tsu./ja.a.ri.ma.se.n.

店員不親切。

說明

な形容詞句的非過去否定句和名詞句相同，都是在句尾將「です」改為「ではありません」。也可以用「じゃありません」，兩者間可替代使用。關於な形容詞句和名詞句的句型比較，可參考第 67 頁文法補給站。

畫重點

な形容詞句 - 非過去否定：

A は + な形容詞ではありません

A は + な形容詞じゃありません

(A：名詞 / は：是 /
ではありません、じゃありません：です的否定形)

例句

この椅子は丈夫ではありません。

ko.no./i.su.wa./jo.u.bu.de.wa./a.ri.ma.se.n.

這椅子不牢固。

先生は元気ではありません。

se.n.se.i.wa./ge.n.ki.de.wa./a.ri.ma.se.n.

老師沒有精神。

あの店は有名じゃありません。

a.no./mi.se.wa./yu.u.me.i./ja.a.ri.ma.se.n.

那家店不有名。

な形容詞句 - 過去肯定

英語（えいご）はへたでした。

e.i.go.wa./he.ta.de.shi.ta.

英文曾經很差。

說明

な形容詞句的過去肯定句，是將「です」改成「でした」。通常用在回答過去的經驗或敘述過去不知情而現在才發現的事，會用過去式。

畫重點

な形容詞句 - 過去肯定：

Aは + な形容詞でした

(A：名詞 / は：是 / でした：です的過去式)

例句

きのうは暇（ひま）でした。

ki.no.u.wa./hi.ma.de.shi.ta.

昨天很空閒。

明子（あきこ）さんはきれいでした。

a.ki.ko.sa.n.wa./ki.re.i.de.shi.ta.

明子小姐以前很美麗。

野菜（やさい）は嫌（きら）いでした。

ya.sa.i.wa./ki.ra.i.de.shi.ta.

以前很討厭蔬菜。

先週（せんしゅう）は宿題（しゅくだい）が多（おお）くて大変（たいへん）でした。

se.n.shu.u.wa./shu.ku.da.i.ga./o.o.ku.te./ta.i.he.n.de.shi.ta.

上星期的功課很多所以非常辛苦。

MP3 024

な形容詞句 - 過去否定

あの人(ひと)は有名(ゆうめい)ではありませんでした。
a.no.hi.to.wa./yu.u.me.i./de.wa.a.ri.ma.se.n.de.shi.ta.
那個人以前不有名。

あの人(ひと)は有名(ゆうめい)じゃありませんでした。
a.no.hi.to.wa./yu.u.me.i./ja.a.ri.ma.se.n.de.shi.ta.
那個人以前不有名。

說明

な形容詞句的過去否定句和名詞句相同，都是把句尾的です改成過去否定形「ではありませんでした」。同樣的，「ではありませんでした」和「じゃありませんでした」兩者同義。

畫重點

な形容詞句 - 過去否定：
A は + な形容詞ではありませんでした
A は + な形容詞じゃありませんでした
(A：名詞 / は：是)

例句

牛乳(ぎゅうにゅう)は好(す)きではありませんでした。
gyu.u.nyu.u.wa./su.ki.de.wa./a.ri.ma.se.n.de.shi.ta.
以前不喜歡牛奶。

交通(こうつう)は便利(べんり)じゃありませんでした。
ko.u.tsu.u.wa./be.n.ri.ja.a.ri.ma.se.n.de.shi.ta.
以前交通很不方便。

部屋(へや)は汚(きたな)くてきれいじゃありませんでした。
he.ya.wa./ki.ta.na.ku.te./ki.re.i.ja.a.ri.ma.se.n.de.shi.ta.
以前房間很髒不乾淨。

な形容詞句－疑問

說明

な形容詞句的疑問句，是在句子最後加上代表疑問的「か」即完成。

例句

あのホテルはきれいですか。
a.no.ho.te.ru.wa./ki.re.i.de.su.ka.
那個旅館乾淨嗎？（非過去肯定疑問）

この駅(えき)は便利(べんり)ではありませんか。
ko.no.e.ki.wa./be.n.ri./de.wa.a.ri.ma.se.n.ka.
這個車站不方便嗎？（非過去否定疑問）

あのまちはにぎやかじゃありませんか。
a.no.ma.chi.wa./ni.gi.ya.ka./ja.a.ri.ma.se.n.ka.
那個城市不熱鬧嗎？（非過去否定疑問）

昨日(きのう)の仕事(しごと)は大変(たいへん)でしたか？
ki.no.u.no./shi.go.to.wa./ta.i.he.n.de.shi.ta.ka.
昨天的工作很辛苦嗎？（過去肯定疑問）

その学校(がっこう)は有名(ゆうめい)ではありませんでしたか。
so.no./ga.kko.u.wa./yu.u.me.i./de.wa.a.ri.ma.se.n.de.shi.ta.ka.
那間學校以前不有名嗎？（過去否定疑問）

果物(くだもの)は好(す)きじゃありませんでしたか。
ku.da.mo.no.wa./su.ki./ja.a.ri.ma.se.n.de.shi.ta.ka.
以前不喜歡水果嗎？（過去否定疑問）

にんじんは嫌(きら)いですか。
ni.n.ji.n.wa./ki.ra.i.de.su.ka.
討厭紅蘿蔔嗎？（非過去肯定疑問）

文法補給站

な形容詞句總覽

句型		例句
基礎句型		にぎやかです。 ni.gi.ya.ka.de.su. 熱鬧。
＋名詞		にぎやかな家族(かぞく)です。 ni.gi.ya.ka.na./ka.zo.ku.de.su. 熱鬧的家庭。
＋の		上手(じょうず)なのは数学(すうがく)だけです。 jo.u.zu.na.no.wa./su.u.ga.ku.da.ke.de.su. 只有數學很拿手。
＋動詞		まじめに勉強(べんきょう)します。 ma.ji.me.ni./be.n.kyo.u.shi.ma.su. 認真的學習。
連續敘述		この店(みせ)は便利(べんり)で大(おお)きいです。 ko.no./mi.se.wa./be.n.ri.de./o.o.ki.i.de.su. 這間店很方便又很大。(な形容詞 + い形容詞)
		このビルはりっぱで有名(ゆうめい)です。 ko.no./bi.ru.wa./ri.ppa.de./yu.u.me.i.de.su. 這大樓很氣派且有名。(な形容詞 + な形容詞)
非過去	肯定	先生(せんせい)はきれいです。 se.n.se.i.wa./ki.re.i.de.su. 老師很漂亮。
	肯定疑問	先生(せんせい)はきれいですか。 se.n.se.i.wa./ki.re.i.de.su.ka. 老師漂亮嗎？

非過去	否定	せんせいはきれいではありません。 se.n.se.i.wa./ki.re.i./de.wa.a.ri.ma.se.n. 老師不漂亮。
		せんせいはきれいじゃありません。 se.n.se.i.wa./ki.re.i./ja.a.ri.ma.se.n. 老師不漂亮。
	否定疑問	せんせいはきれいではありませんか。 se.n.se.i.wa./ki.re.i./de.wa.a.ri.ma.se.n.ka. 老師不漂亮嗎？
		せんせいはきれいじゃありませんか。 se.n.se.i.wa./ki.re.i./ja.a.ri.ma.se.n.ka. 老師不漂亮嗎？
過去	肯定	せんせいはきれいでした。 se.n.se.i.wa./ki.re.i.de.shi.ta. 老師很漂亮。(過去式)
	肯定疑問	せんせいはきれいでしたか。 se.n.se.i.wa./ki.re.i.de.shi.ta.ka. 老師很漂亮嗎？(過去式)
	否定	せんせいはきれいではありませんでした。 se.n.se.i.wa./ki.re.i./de.wa.a.ri.ma.se.n.de.shi.ta. 老師不漂亮。(過去式)
		せんせいはきれいじゃありませんでした。 se.n.se.i.wa./ki.re.i./ja.a.ri.ma.se.n.de.shi.ta. 老師不漂亮。(過去式)
	否定疑問	せんせいはきれいではありませんでしたか。 se.n.se.i.wa./ki.re.i./de.wa.a.ri.ma.se.n.de.shi.ta.ka. 老師不漂亮嗎？(過去式)
		せんせいはきれいじゃありませんでしたか。 se.n.se.i.wa./ki.re.i./ja.a.ri.ma.se.n.de.shi.ta.ka. 老師不漂亮嗎？(過去式)

文法補給站

形容詞句與名詞句

說明

目前學習了い形容詞、な形容詞與名詞的句型，下面就將學過的三種詞性的句型進行比較。

畫重點

句型＼詞性		名詞	な形容詞	い形容詞
＋名詞		名詞１の＋名詞２	形容詞な＋名詞	形容詞い＋名詞
＋の		名詞１＋の	形容詞な＋の	形容詞い＋の
＋動詞		無	形容詞に＋動詞	(い→く) 形容詞く＋動詞
連續敘述		名詞で	形容詞で	(い→くて) 形容詞くて
非過去	肯定	です	です	です
	否定	ではありません じゃありません	ではありません じゃありません	(い→く) くないです くありません
過去	肯定	でした	でした	(い→かった) かったです
	否定	ではありません でした じゃありません でした	ではありません でした じゃありません でした	くなかったです くありませんで した

文法補給站

形容詞句的應用句型 - 比較

こっちのほうがいいです。

ki.cchi.no./ho.u.ga./i.i.de.su.

這個比較好。

說明

「ほう」為名詞，是某一邊、某一方的意思，「いいです」則是「好」的意思，「ほうがいいです」的句型就是用來說明，經比較之後哪個比較好。「ほう」的前面可以用名詞、形容詞或動詞，在此先以已經學習過的形容詞和名詞來舉例。除此之外，也可以把「「いいです」換成其他形容詞，例如「こっちのほうが安(やす)いです」意為「這個比較便宜」。

畫重點

名詞の ＋ ほうがいいです
い形容詞＋ほうがいいです
な形容詞な＋ほうがいいです

文法放大鏡

「ほうがいいです」也可以配合否定的句型表示建議，請參考 191 頁ない形的應用句型。

例句

きれいなほうがいいです。

ki.re.i.na./ho.u.ga./i.i.de.su.

乾淨的比較好。

広(ひろ)いほうがいいです。

hi.ro.i./ho.u.ga./i.i.de.su.

寬敞的比較好。

簡単(かんたん)なテストのほうがいいです。

ka.n.ta.n.na./te.su.to.no./ho.u.ga./i.i.de.su.

簡單的考試比較好。

保證得分！日檢言語知識 N5 文法・文字・語彙
動詞基礎篇

認識動詞

說明

動詞是用來表示人或事的存在、動作、行為和作用。依照動作的意志可以分成自動詞和他動詞。

在日語中，依照說話的對象不同，而有敬體、常體之分；對輩份較高的人或是正式場合時，就用「敬體」。對同輩晚輩、書寫文章時，就是用「常體」。（詳情可參考第 211 頁）

學習動詞變化時，本書會先以非過去肯定式的敬體「ます形」作為動詞的基本形，先熟悉「ます形」之後再進階學習不同時態或是敬體常體的變化。

肯定、否定、過去等動詞形態在變化時，主要都是ます形語幹不變，只變後面「ます」的部分。而什麼是ます形語幹呢？即是動詞中ます前面的部分，如食(た)べます的語幹即是「食(た)べ」。

例詞

自動詞	他動詞
起(お)きます	食(た)べます
座(すわ)ります	見(み)ます

例詞

中文	敬體ます形	ます形語幹
起床	起(お)きます	起(お)き
坐	座(すわ)ります	座(すわ)り
吃	食(た)べます	食(た)べ
看	見(み)ます	見(み)

自動詞

說明

自動詞指的是「自然發生的動作」。像是下雨、晴天、花開...等，都是自然發生的動作，也可以說是自然產生動作變化，而不需要受詞。

為了方便學習，動詞會先以「敬體ます形」作為基礎形式列出。

自動詞在做肯定、否定、過去等形態的變化時，主要都是語幹不變，只變後面「ます」的部分。在日語中，有些動詞既是自動又是他動，可以先了解動詞的意思，多看例句，或利用動作的主語來判別是自動詞還是他動詞。

畫重點

自動詞：自然發生的動作。

例詞

降下（雨／雪）	降(ふ)ります	fu.ri.ma.su.
起床	起(お)きます	o.ki.ma.su.
住	住(す)みます	su.mi.ma.su.
坐	座(すわ)ります	su.wa.ri.ma.su.
睡	寝(ね)ます	ne.ma.su.
掉下	落(お)ちます	o.chi.ma.su.
回去	帰(かえ)ります	ka.e.ri.ma.su.
開花	咲(さ)きます	sa.ki.ma.su.

他動詞

說明

他動詞指的是「可以驅使其他事物產生作用的動詞」。也可以說是因為要達成某一個目的而進行的動作。在使用他動詞的時候，除了執行動作的主語之外，還會有一個產生動作的受詞，而使用的助詞也和自動詞不同。

以下就先學習幾個常見的他動詞。同樣也先以「ます形」的方式來呈現這些動詞。而他動詞在做肯定、否定、過去等形態的變化時，和自動詞相同，主要都是語幹不變，而只變後面「ます」的部分。

畫重點

他動詞：驅使其他事物產生作用的動詞，需要一個受詞。

例詞

吃	食(た)べます	ta.be.ma.su.
閱讀	読(よ)みます	yo.mi.ma.su.
聽	聞(き)きます	ki.ki.ma.su.
製作	作(つく)ります	tsu.ku.ri.ma.su.
看	見(み)ます	mi.ma.su.
寫	書(か)きます	ka.ki.ma.su.
買	買(か)います	ka.i.ma.su.
做	します	shi.ma.su.
關掉	消(け)します	ke.shi.ma.su.

自動詞句 - 非過去肯定

はな　さ
花が咲きます。

ha.na.ga./sa.ki.ma.su.

花開。

說明

在名詞句、形容詞句中都是用「は」，但在自動詞句中，依照主語和句意的不同，格助詞會有「は」和「が」兩種不同的用法。為了方便學習，本書先用「が」為主要使用的助詞。在這裡，不妨將「が」想成是表示動作發生者，較方便記憶。

畫重點

自動詞句 - 非過去肯定：

AがVます

（A：名詞 / が：格助詞 / Vます：自動詞的敬體基本形）

例句

あめ　ふ
雨が降ります。

a.me.ga./fu.ri.ma.su.

下雨。

ひと　あつ
人が集まります。

hi.to.ga./a.tsu.ma.ri.ma.su.

人聚集。

しょうひん　とど
商品が届きます。

sho.u.hi.n.ga./to.do.ki.ma.su.

商品寄達。

でんき　き
電気が消えます

de.n.ki.ga./ki.e.ma.su.

電燈熄滅。

自動詞句 - 非過去否定

じょうきょう　か
状況が変わりません。

jo.u.kyo.u.ga./ka.wa.ri.ma.se.n.

狀況將不改變。

說明

自動詞句的非過去否定句，就是要將動詞從肯定改成否定。即是將肯定的「ます」變成「ません」。例如本句中的「変(かわ)わります」變成了「変(かわ)わりません」。

畫重點

自動詞句 - 非過去否定：

AがVません

（A：名詞 / が：格助詞 / Vません：自動詞敬體基本形的否定）

例句

あめ　ふ
雨が降りません。

a.me.ga./fu.ri.ma.se.n.

不會下雨。（降(ふ)ります→降(ふ)りません）

ひと　あつ
人が集まりません。

hi.to.ga./a.tsu.ma.ri.ma.se.n.

人（將）不會聚集。（集(あつ)まります→集(あつ)まりません）

しょうひん　とど
商品が届きません。

sho.u.hi.n.ga./to.do.ki.ma.se.n.

商品不會寄到。（届(とど)きます→届(とど)きません）

とけい　うご
時計が動きません。

to.ke.i.ga./u.go.ki.ma.se.n.

時鐘不動。（動(うご)きます→動(うご)きません）

自動詞句 - 過去肯定

にもつ　とど
荷物が届きました。

ni.mo.tsu.ga./to.do.ki.ma.shi.ta.

行李已經寄到了。

說明

自動詞的過去肯定句，就是要將動詞從非過去改成過去式。例如本句中的「届(とど)きます」變成了「届(とど)きました」。即是將非過去的「ます」變成「ました」。而前面的名詞、動詞語幹（ます前面的部分）則不變。

畫重點

自動詞句 - 過去肯定：

AがVました

（A：名詞 / が：格助詞 / Vました：自動詞的敬體基本形過去式）

例句

あめ　ふ
雨が降りました。

a.me.ga./fu.ri.ma.shi.ta.

已經下雨了。（降(ふ)ります→降(ふ)りました）

じゅぎょう　はじ
授業が始まりました。

ju.gyo.u.ga./ha.ji.ma.ri.ma.shi.ta.

開始上課了。（始(はじ)まります→始(はじ)まりました）

お
ペンが落ちました。

pe.n.ga./o.chi.ma.shi.ta.

筆掉了。（落(お)ちます→落(お)ちました）

びょうき　なお
病気が治りました。

byo.u.ki.ga./na.o.ri.ma.shi.ta.

病好了。（治(なお)ります→治(なお)りました）

自動詞句 - 過去否定

車(くるま)が止(と)まりませんでした。

ku.ru.ma.ga./to.ma.ri.ma.se.n.de.shi.ta.

車沒停下來。

說明

自動詞句的過去否定句，只要在「非過去否定句」的句尾，加上表示過去式的「でした」即可。

畫重點

自動詞句 - 過去否定：

AがVませんでした

（A：名詞 / が：格助詞 / Vませんでした：自動詞敬體基本形的過去否定）

例句

雨(あめ)が降(ふ)りませんでした。

a.me.ga./fu.ri.ma.se.n.de.shi.ta.

沒有下雨。（降(ふ)りません→降(ふ)りませんでした）

エアコンがつきませんでした。

e.a.ko.n.ga./tsu.ki.ma.se.n.de.shi.ta.

冷氣沒有打開。（つきません→つきませんでした）

商品(しょうひん)が届(とど)きませんでした。

sho.u.hi.n.ga./to.do.ki.ma.se.n.de.shi.ta.

商品沒有寄到。（届(とど)きません→届(とど)きませんでした）

ドアが開(あ)きませんでした。

do.a.ga./a.ki.ma.se.n.de.shi.ta.

門沒有打開。（開(あ)きません→開(あ)きませんでした）

自動詞句 - 疑問

説明

自動詞句的疑問句型，是在句子最後加上代表疑問的「か」即完成。

例句

状況(じょうきょう)が変(か)わりますか。

jo.u.kyo.u.ga./ka.wa.ri.ma.su.ka.

狀況會改變嗎？(非過去肯定疑問)

雨(あめ)が降(ふ)りませんか。

a.me.ga./fu.ri.ma.se.n.ka.

不會下雨嗎？(非過去否定疑問)

商品(しょうひん)が届(とど)きましたか。

sho.u.hi.n.ga./to.do.ki.ma.shi.ta.ka.

商品已經寄到嗎了？(過去肯定疑問)

人(ひと)が集(あつ)まりませんでしたか。

hi.to.ga./a.tsu.ma.ri.ma.se.n.de.shi.ta.ka.

人沒有聚集嗎？(過去否定疑問)

きのう、雪(ゆき)が降(ふ)りませんでしたか。

ki.no.u./yu.ki.ga./fu.ri.ma.se.n.de.shi.ta.ka.

昨天沒下雪嗎？(過去否定疑問)

もう起(お)きましたか。

mo.u./o.ki.ma.shi.ta.ka.

已經起床了嗎？(過去肯定疑問)

自動詞句－移動動詞（１）

具有方向和目的地

行(い)きます、来(き)ます、帰(かえ)ります

說明

在日文的自動詞中，有一種具有「方向感」的動詞，稱為「移動動詞」。像是來、去、走路、散步、進入、出來...等。這些動詞，因為帶有移動的意思，所以使用的助詞就不是前面所學到的「が」，而是依移動動詞的意思而有不同助詞。

第一種移動動詞，就是表示來或是去，具有「固定的目的地」。這個時候，就要在目的地的後面加上助詞「に」或是「へ」。（關於助詞的用法，在助詞篇中也會有詳細的介紹）

畫重點

AへVます

AにVます

（A：地點／Vます：移動動詞的敬體基本形）

例詞

去	行(い)きます	i.ki.ma.su.
來	来(き)ます	ki.ma.su.
回去	帰(かえ)ります	ka.e.ri.ma.su.
定期前往	通(かよ)います	ka.yo.i.ma.su.
回到	戻(もど)ります	mo.do.ri.ma.su.

MP3 032

例句

会社へ行きます。
ka.i.sha.e./i.ki.ma.su.
去公司。

会社に行きます。
ka.i.sha.ni./i.ki.ma.su.
去公司。

台湾に来ます。
ta.i.wa.n.ni./ki.ma.su.
來台灣。

うちに帰ります。
u.chi.ni./ka.e.ri.ma.su.
回家。

塾へ通います。
ju.ku.e./ka.yo.i.ma.su.
固定去補習班。
(「通います」是用於定期或頻繁往返某處的情況，像是定期從家裡去上班、補習或定期上健身房...等。)

ジムに通います。
ji.mu.ni./ka.yo.i.ma.su.
定期上健身房。

会社にもどります。
ka.i.sha.ni./mo.do.ri.ma.su.
回到公司。

自動詞句 - 移動動詞（２）

在某範圍內移動 / 通過某地點

散歩(さんぽ)します、歩(ある)きます、飛(と)びます。

說明

　　第二種的移動動詞，是表示在某個範圍中移動，或是通過某地，助詞要用「を」。

畫重點

A を V ます

（A：地點 / Vます：移動動詞的敬體基本形）

例詞

散步	散歩(さんぽ)します	sa.n.po.shi.ma.su.
走路	歩(ある)きます	a.ru.ki.ma.su.
飛	飛(と)びます	to.bi.ma.su.
橫渡	渡(わた)ります	wa.ta.ri.ma.su.
通過	通(とお)ります	to.o.ri.ma.su.
轉彎	曲(ま)がります	ma.ga.ri.ma.su.

例句

公園(こうえん)を散歩(さんぽ)します。
ko.u.e.n.o./sa.n.po.shi.ma.su.
在公園裡散步。

今朝(けさ)、母(はは)と庭(にわ)を散歩(さんぽ)しました。
ke.sa./ha.ha.to./ni.wa.o./sa.n.po.shi.ma.shi.ta.
早上和母親在院子散了步。

となりの町(まち)を散歩(さんぽ)しました。
to.na.ri.no./ma.chi.o./sa.n.po.shi.ma.shi.ta.
去隔壁城鎮散步了。

道(みち)を歩(ある)きます。
mi.chi.o./a.ru.ki.ma.su.
在路上走。／走路。

道(みち)を通(とお)ります。
mi.chi.o./to.o.ri.ma.su.
通過道路。

中野駅(なかのえき)を通(とお)りました。
na.ka.no.e.ki.o./to.o.ri.ma.shi.ta.
經過了中野車站。

海(うみ)を渡(わた)ります。
u.mi.o./wa.ta.ri.ma.su.
渡海。

橋(はし)を渡(わた)ります。
ha.shi.o./wa.ta.ri.ma.su.
過橋。

次(つぎ)の角(かど)を右(みぎ)へ曲(ま)がってください。
tsu.gi.no./ka.do.o./mi.gi.e./ma.ga.tte./ku.da.sa.i.
請在下個轉角（路口）右轉。

鳥(とり)が空(そら)を飛(と)びます。
to.ri.ga./so.ra.o./to.bi.ma.su.
鳥在空中飛翔。
（進行動作的主語「鳥(とり)」，後面用的助詞是「が」，「空(そら)」表示移動的範圍，用助詞「を」）

自動詞句 - います / あります

きょうしつ　せんせい
教室に先生がいます。
kyo.u.shi.tsu.ni./se.n.se.i.ga./i.ma.su.
老師在教室裡。 / 教室裡有老師在。

きょうしつ　つくえ
教室に机があります。
kyo.u.shi.tsu.ni./tsu.ku.e.ga./a.ri.ma.su.
教室裡有桌子。

說明

日語中，要表示「存在的狀態」時，通常都會用到「います」、「あります」，兩個單字都是「有」的意思，但用法上有所區別。

「います」是用來表示人或動物的存在，而「あります」則是用來表示非生物或植物的存在。而在例句中，表示地點會用「に」，存在的主語後面則是用「が」，最後面再加上「います」或「あります」，便完成了句子。

畫重點

人或動物的存在：
AにBがいます
非生物或植物的存在：
AにBがあります
（A：地點 / B：名詞）

例句

ちゅうしゃじょう　ねこ
駐車場に猫がいます。
chu.u.sha.jo.u.ni./ne.ko.ga./i.ma.su.
停車場有貓。（動物＋います）

ちゅうしゃじょう　くるま
駐車場に車があります。
chu.u.sha.jo.u.ni./ku.ru.ma.ga./a.ri.ma.su.
停車場有車。（非生物＋あります）

庭(にわ)に兄(あに)がいます。

ni.wa.ni./a.ni.ga./i.ma.su.

哥哥在院子裡。（人＋います）

庭(にわ)に花(はな)があります。

ni.wa.ni./ha.na.ga./a.ri.ma.su.

院子裡有花。（植物＋あります）

家(いえ)に両親(りょうしん)がいます。

i.e.ni./ryo.u.shi.n.ga./i.ma.su.

父母在家中。（人＋います）

家(いえ)にピアノがあります。

i.e.ni./pi.a.no.ga./a.ri.ma.su.

家裡有鋼琴。（非生物＋あります）

ここにデパートと有名(ゆうめい)なレストランがありました。

ko.ko.ni./de.pa.a.to.to./yu.u.me.i.na./re.su.to.ra.n.ga./a.ri.ma.shi.ta.

這裡曾經有百貨和有名的餐廳。
（非生物＋ありました）

部屋(へや)に誰(だれ)がいますか。

he.ya.ni./da.re.ga./i.ma.su.ka.

房間裡有誰在？（人＋いますか）

部屋(へや)に誰(だれ)もいません。

he.ya.ni./da.re.mo./i.ma.se.n.

房間裡沒有人。（人＋いません）

冷蔵庫(れいぞうこ)の中(なか)に何(なに)もありません。

re.i.zo.u.ko.no./na.ka.ni./na.ni.mo./a.ri.ma.se.n.

冰箱裡什麼都沒有。（非生物＋ありません）

文法補給站

自動詞句 - にいます／にあります

說明

「います」和「あります」是表示存在的動詞；前面學過的「Aに Bがいます／あります」也可以換句話說，把存在的人事物放在前面，助詞改成「は」，地點的後面一樣用助詞「に」，成為「物或人在某處」的句型「BはAに＋います／あります」。

畫重點

人或物在某處：

BはAに＋います／あります

（A：地點／B：名詞）

例句

棚（たな）の上（うえ）にお皿（さら）があります。

ta.na.no./u.e.ni./o.sa.ra.ga./a.ri.ma.su.

櫃子上面有盤子。

お皿（さら）は棚（たな）の上（うえ）にあります。

o.sa.ra.wa./ta.na.no./u.e.ni./a.ri.ma.su.

盤子在櫃子上面。

車（くるま）の中（なか）に犬（いぬ）がいます。

ku.ru.ma.no./na.ka.ni./i.nu.ga./i.ma.su.

車子裡有狗。

犬（いぬ）は車（くるま）の中（なか）にいます。

i.nu.wa./ku.ru.ma.no./na.ka.ni./i.ma.su.

狗在車子裡。

コンビニはどこにありますか。

ko.n.bi.ni.wa./do.ko.ni./a.ri.ma.su.ka.

便利商店在哪裡？

文法補給站

表示位置關係

說明

用「います」、「あります」表示存在時，句中常會搭配和位置相關的單字。這些單字多半會用「の」連接名詞。以下是常用來表示位置的單字和用法。

例詞

上	上（うえ）	u.e.
下	下（した）	shi.ta.
左	左（ひだり）	hi.da.ri.
右	右（みぎ）	mi.gi.
前	前（まえ）	ma.e.
後	後（うし）ろ	u.shi.ro.
裡	中（なか）	na.ka.
外	外（そと）	so.to.
旁邊	となり	to.na.ri.
之間	間（あいだ）	a.i.da.
對面	向（む）かい	mu.ka.i.
附近	近（ちか）く	chi.ka.ku.

例句

社長（しゃちょう）の後（うし）ろに課長（かちょう）がいます。

sha.cho.u.no./u.shi.ro.ni./ka.cho.u.ga.i.ma.su.

課長在社長的後面。

名詞篇 い形容詞篇 な形容詞篇 動詞基礎篇 疑問詞篇 助詞篇

母のそばに犬がいます。

ha.ha.no./so.ba.ni./i.nu.ga./i.ma.su.

母親的旁邊有狗。

先生はわたしの右にいます。

se.n.se.i.wa./wa.ta.shi.no./mi.gi.ni./i.ma.su.

老師在我的右邊。

カバンの中に何もありません。

ka.ba.n.no./na.ka.ni./na.ni.mo./a.ri.ma.se.n.

包包裡什麼都沒有。

郵便局は銀行の向かいにあります。

yu.u.bi.n.kyo.ku.wa./gi.n.ko.u.no./mu.ka.i.ni./a.ri.ma.su.

郵局在銀行的對面。

学校と駅の間に公園があります。

ga.kko.u.to./e.ki.no./a.i.da.ni./ko.u.e.n.ga./a.ri.ma.su.

學校和車站之間，有公園。

外の池にさかながいますか。

so.to.no./i.ke.ni./sa.ka.na.ga./i.ma.su.ka.

外面的池塘裡有魚嗎？

兄は近くのコンビニにいます。

a.ni.wa./chi.ka.ku.no./ko.n.bi.ni.ni./i.ma.su.

哥哥在附近的便利商店。

リーさんはスミスさんのとなりにいます。

ri.i.sa.n.wa./su.mi.su.sa.n.no./to.na.ri.ni./i.ma.su.

李先生在史密斯先生旁邊。

自動詞句 - なります

說明

自動詞「なります」是「變得」「成為」的意思，用來表示人事物的狀態改變。「なります」前面可以接名詞也可以接形容詞。名詞和な形容詞加上「に」，い形容詞把「い」改成「く」，可參考各詞性接動詞的介紹。

畫重點

い形容詞く＋なります
な形容詞に＋なります
名詞に＋なります

例句

来月(らいげつ)、20歳(はたち)になります。
ra.i.ge.tsu./ha.ta.chi.ni./na.ri.ma.su.
下個月要 20 歲了。(20歳(はたち)→ 20歳(はたち)に)

だいぶよくなりました。
da.i.bu./yo.ku./na.ri.ma.shi.ta.
好很多了。（いい→よく）

掃除(そうじ)して、きれいになりました。
so.u.ji.shi.te./ki.re.i.ni./na.ri.ma.shi.ta.
打掃過後變得乾淨了。（きれい→きれいに）

日本語(にほんご)が上手(じょうず)になりました。
ni.ho.n.go.ga./jo.u.zu.ni./na.ri.ma.shi.ta.
日語進步了。（上手(じょうず)→上手(じょうず)に）

医者(いしゃ)になりたいです。
i.sha.ni./na.ri.ta.i.de.su.
想成為醫生。(医者(いしゃ)→医者(いしゃ)に)

文法補給站

自動詞句總覽

句型		例句
非過去	肯定	雪(ゆき)が降(ふ)ります。 yu.ki.ga./fu.ri.ma.su. 下雪。
	肯定疑問	雪(ゆき)が降(ふ)りますか。 yu.ki.ga./fu.ri.ma.su.ka. 會下雪嗎？
	否定	雪(ゆき)が降(ふ)りません。 yu.ki.ga./fu.ri.ma.se.n. 不會下雪。
	否定疑問	雪(ゆき)が降(ふ)りませんか。 yu.ki.ga./fu.ri.ma.se.n.ka. 不下雪嗎？
過去	肯定	雪(ゆき)が降(ふ)りました。 yu.ki.ga./fu.ri.ma.shi.ta. 下過雪了。
	肯定疑問	雪(ゆき)が降(ふ)りましたか。 yu.ki.ga./fu.ri.ma.shi.ta.ka. 下過雪嗎？
	否定	雪(ゆき)が降(ふ)りませんでした。 yu.ki.ga./fu.ri.ma.se.n.de.shi.ta. 沒有下過雪。
	否定疑問	雪(ゆき)が降(ふ)りませんでしたか。 yu.ki.ga./fu.ri.ma.se.n.de.shi.ta.ka. 沒下雪嗎？

MP3 037

移動動詞 (1)- 具方向目的	日本へ行きます。 ni.ho.n.e./i.ki.ma.su. 去日本。
	日本に行きます。 ni.ho.n.ni./i.ki.ma.su. 去日本。
移動動詞 (2)- 範圍內移動或通過	空を飛びます。 so.ra.o./to.bi.ma.su. 在空中飛。
表示存在 - います / あります	部屋に犬がいます。 he.ya.ni./i.nu.ga./i.ma.su. 房間裡有狗。
	部屋にベッドがあります。 he.ya.ni./be.ddo.ga./a.ri.ma.su. 房間裡有床。
	スミスさんはアメリカにいます。 su.mi.su.sa.n.wa./a.me.ri.ka.ni./i.ma.su. 史密斯先生 (小姐) 在美國。
表示變化 - なります	背が高くなりました。 se.ga./ta.ka.ku./na.ri.ma.shi.ta. 長高了。
	納豆が好きになりました。 na.tto.u.ga./su.ki.ni./na.ri.ma.shi.ta. 喜歡上納豆了。
	9 時になりました。 ku.ji.ni./na.ri.ma.shi.ta. 9 點了。

他動詞句 - 非過去肯定

かれ　ほん　よ
彼は本を読みます。

ka.re.wa./ho.n.o./yo.mi.ma.su.

他讀書。

說明

他動詞句和自動詞句最大的不同，就是在於「受詞」的有無。他動詞的句子中，會有一個動作的對象，即是「受詞」，在受詞後面要用助詞「を」來表示。詳細的助詞用法可參考助詞篇第 133 頁。

畫重點

他動詞句 - 非過去肯定：

AはBをVます

（A：動作執行者 / B：受詞 / を：助詞，表示動作對象 / Vます：他動詞的敬體基本形）

例句

いもうと　にく　た
妹は肉を食べます。

i.mo.u.to.wa./ni.ku.o./ta.be.ma.su.

妹妹吃肉。

がくせい　しゅくだい
学生は宿題をします。

ga.ku.se.i.wa./shu.ku.da.i.o./shi.ma.su.

學生寫功課。

おんがく　き
わたしは音楽を聞きます。

wa.ta.shi.wa./o.n.ga.ku.o./ki.ki.ma.su.

我聽音樂。

かのじょ　えいが　み
彼女は映画を見ます。

ka.no.jo.wa./e.i.ga.o./mi.ma.su.

她看電影。

他動詞句 - 非過去否定

わたしはお酒を飲みません。

wa.ta.shi.wa./o.sa.ke.o./no.mi.ma.se.n.

我不喝酒。

說明

　　他動詞句的非過去否定句，只要將句尾的「ます」改成否定形「ません」即可。

畫重點

他動詞句 - 非過去否定：

AはBをVません

（A：動作執行者 / B：受詞 / を：助詞，表示動作對象 / Vません：ます的否定形）

例句

課長はタバコをすいません。

ka.cho.u.wa./ta.ba.ko.o./su.i.ma.se.n.

課長不吸菸。（すいます→すいません）

こどもは薬を飲みません。

ko.do.mo.wa./ku.su.ri.o./no.mi.ma.se.n.

小孩不吃藥。（飲みます→飲みません）

兄は荷物を片付けません。

a.ni.wa./ni.mo.tsu.o./ka.ta.zu.ke.ma.se.n.

哥哥不收拾行李。（片付けます→片付けません）

彼女は高いものを買いません。

ka.no.jo.wa./ta.ka.i.mo.no.o./ka.i.ma.se.n.

她不買貴的東西。（買います→買いません）

他動詞句 - 過去肯定

先生(せんせい)はドアを開(あ)けました。

se.n.se.i.wa./do.a.o./a.ke.ma.shi.ta.

老師把門打開了。

說明

　　將非過去肯定句的「ます」改成過去式「ました」就可以把句子變成過去肯定句，其他部分則不變動。

畫重點

他動詞句 - 過去肯定：

AはBをVました

（A：動作執行者 / B：受詞 / を：助詞，表示動作對象 / Vました：ます的過去式）

例句

彼(かれ)は電気(でんき)をつけました。

ka.re.wa./de.n.ki.o./tsu.ke.ma.shi.ta.

他把電燈打開了。（つけます→つけました）

姉(あね)はりんごを買(か)いました。

a.ne.wa./ri.n.go.o./ka.i.ma.shi.ta.

姊姊買了蘋果。（買(か)います→買(か)いました）

社長(しゃちょう)は会議(かいぎ)の時間(じかん)を変(か)えました。

sha.cho.u.wa./ka.i.gi.no.ji.ka.n.o./ka.e.ma.shi.ta.

社長更改了會議時間。（変(か)えます→変(か)えました）

母(はは)は鍵(かぎ)をかけました。

ha.ha.wa./ka.gi.o./ka.ke.ma.shi.ta.

母親把鎖鎖上了。（かけます→かけました）

他動詞句 - 過去否定

彼は宿題をやりませんでした。

ka.re.wa./shu.ku.da.i.o./ya.ri.ma.se.n.de.shi.ta.

他沒有寫功課。

說明

他動詞句的過去否定句，只要在非過去否定的句尾加上「でした」即可，其他的部分則不需變動。

畫重點

他動詞句 - 過去否定：

AはBをVませんでした

（A：動作執行者 / B：受詞 / を：助詞，表示動作對象 / Vませんでした：ます的過去否定）

例句

妹はデザートを食べませんでした。

i.mo.u.to.wa./de.za.a.to.o./ta.be.ma.se.n.de.shi.ta.

妹妹沒有吃甜點。（食べます→食べませんでした）

父はボタンを押しませんでした。

chi.chi.wa./bo.ta.n.o./o.shi.ma.se.n.de.shi.ta.

父親沒按下按鈕。（押します→押しませんでした）

あの人は靴を買いませんでした。

a.no.hi.to.wa./ku.tsu.o./ka.i.ma.se.n.de.shi.ta.

那個人沒有買鞋子。（買います→買いませんでした）

きのう、料理を作りませんでした。

ki.no.u./ryo.u.ri.o./tsu.ku.ri.ma.se.n.de.shi.ta.

昨天沒有下廚。（作ります→作りませんでした）

他動詞句 - 疑問

說明

在他動詞的各種句型最後加上表示疑問的「か」就完成疑問句。

例句

学生（がくせい）はサッカーをしますか。
ga.ku.se.i.wa./sa.kka.a.o./shi.ma.su.ka.
學生踢足球嗎？（非過去肯定疑問）

彼女（かのじょ）はニュースを見（み）ませんか。
ka.no.jo.wa./nyu.u.su.o./mi.ma.se.n.ka.
她不看新聞嗎？（非過去否定疑問）

あの人（ひと）はお金（かね）を払（はら）いましたか。
a.no.hi.to.wa./o.ka.ne.o./ha.ra.i.ma.shi.ta.ka.
那個人付錢了嗎？（過去肯定疑問）

あなたはうたをうたいませんでしたか。
a.na.ta.wa./u.ta.o./u.ta.i.ma.se.n.de.shi.ta.ka.
你沒有唱歌嗎？（過去否定疑問）

リーさんは何（なに）も買（か）いませんでしたか。
ri.i.sa.n.wa./na.ni.mo./ka.i.ma.se.n.de.shi.ta.ka.
李先生（小姐）什麼都沒有買嗎？（過去否定疑問）

みんなはもうレポートを出（だ）しましたか。
mi.n.na.wa./mo.u./re.i.po.o.to.o./da.shi.ma.shi.ta.ka.
大家都交報告了嗎？（過去肯定疑問）

先輩（せんぱい）は料理（りょうり）を作（つく）りますか。
se.n.pa.i.wa./ryo.u.ri.o./tsu.ku.ri.ma.su.ka.
學長（前輩）會做菜嗎？（非過去肯定疑問）

他動詞句＋行きます／来ます

映画を見に行きます。

e.i.ga.o./mi.ni.i.ki.ma.su.

去看電影。

ご飯を食べに来ます。

go.ha.n.o./ta.be.ni.ki.ma.su.

來吃飯。

說明

在中文裡，會說「去看電影」、「來吃飯」、「去打球」...等包含了「去」、「來」的句子。在日文中，也有類似的用法。

由於「去」「來」本身就是動詞，而「看」「吃」「打」等詞也是動詞，為了不讓一個句子裡同時有兩個動詞存在，於是我們把表示目的之動詞去掉「ます」，再加上「に」以表示「去做什麼」或「來做什麼」。（助詞「に」即帶有表示目的的作用）變化的方法如下：

映画を見ます＋行きます

→「見ます」改成「見に」

→映画を見に行きます

畫重點

他動詞句＋行きます／来ます的句型：

Vに行きます

Vに来ます

（V：他動詞的語幹）

註：語幹即是動詞在ます之前的文字，如：食べます的語幹就是食べ。

例句

ご飯を食べに行きます。

go.ha.n.o./ta.be.ni./i.ki.ma.su.

去吃飯。（食べます→食べ＋に）

友だちと映画を見に映画館に行きました。

to.mo.da.chi.to./e.i.ga.o./mi.ni./e.i.ga.ka.n.ni./i.ki.ma.shi.ta.

和朋友去了電影院看電影。（見ます→見＋に）

文法放大鏡

「行きます / 来ます」除了可以和他動詞句結合外，也可以和動詞性名詞一起使用，只要在名詞後面直接加上「に」就可以了。而除了「に」之外，也可以用「出かけます」等其他的動詞。

例句

日本に遊びに来ました。

ni.ho.n.ni./a.so.bi.ni./ki.ma.shi.ta.

來日本玩。（自動詞遊びます→遊び＋に）

アメリカへ旅行に行きますか。

a.me.ri.ka.e./ryo.ko.u.ni./i.ki.ma.su.ka.

要去美國旅行嗎？（名詞「旅行」＋に）

留学に来ました。

ryu.u.ga.ku.ni./ki.ma.shi.ta.

來留學。（名詞「留学」＋に）

あした、公園の掃除に行きます。

a.shi.ta./ko.u.e.n.no./so.u.ji.ni./i.ki.ma.su.

明天要去打掃公園。（名詞「公園の掃除」＋に）

サッカーをしに出かけます。

sa.kka.a.o./shi.ni./de.ka.ke.ma.su.

去踢足球。（します→し＋に＋出かけます）

文法補給站

同一動詞的自動詞句與他動詞句

說明

動詞依照受詞的有無可分為自動詞和他動詞，自動詞的句型是「が＋自動詞」，他動詞的句型則是「受詞を＋他動詞」。但除了自動詞和他動詞之外，也有些動詞會適用兩種句型，也就是同時有自動詞和他動詞兩種詞性。

例如動詞「吹(ふ)きます」(吹)，主語是「風」的時候，因為風吹動是不具意識的自然現象，所以用自動詞句型「風(かぜ)が吹(ふ)きます」。而當主語換成「人」，吹笛子或口哨時，就變成有意識且具有受詞的動作，使用他動詞句型「笛(ふえ)を吹(ふ)きます」。

常見同時具有自、他動兩種詞性的動詞有「吹(ふ)きます」、「笑(わら)います」、「決定(けってい)します」等。

例句

あの人(ひと)が笑(わら)います。
a.no.hi.to.ga./wa.ra.i.ma.su.
那個人在笑。(「あの人(ひと)」是笑的人)

あの人(ひと)を笑(わら)います。
a.no.hi.to.o./wa.ra.i.ma.su.
嘲笑那個人。(「あの人(ひと)」是被笑的人。)

風(かぜ)が吹(ふ)きます。
ka.ze.ga./fu.ki.ma.su.
風吹拂。

笛(ふえ)を吹(ふ)きます。
fu.e.o./fu.ki.ma.su.
吹笛子。

文法補給站

他動詞句總覽

句型		例句
非過去	肯定	彼（かれ）は水（みず）を飲（の）みます。 ka.re.wa./mi.zu.o./no.mi.ma.su. 他喝水。
	肯定疑問	彼（かれ）は水（みず）を飲（の）みますか。 ka.re.wa./mi.zu.o./no.mi.ma.su.ka. 他要喝水嗎？
	否定	彼（かれ）は水（みず）を飲（の）みません。 ka.re.wa./mi.zu.o./no.mi.ma.se.n. 他不喝水。
	否定疑問	彼（かれ）は水（みず）を飲（の）みませんか。 ka.re.wa./mi.zu.o./no.mi.ma.se.n.ka. 他不喝水嗎？
過去	肯定	彼（かれ）は水（みず）を飲（の）みました。 ka.re.wa./mi.zu.o./no.mi.ma.shi.ta. 他喝了水。
	肯定疑問	彼（かれ）は水（みず）を飲（の）みましたか。 ka.re.wa./mi.zu.o./no.mi.ma.shi.ta.ka. 他喝水了嗎？
	否定	彼（かれ）は水（みず）を飲（の）みませんでした。 ka.re.wa./mi.zu.o./no.mi.ma.se.n.de.shi.ta. 他沒有喝水。
	否定疑問	彼（かれ）は水（みず）を飲（の）みませんでしたか。 ka.re.wa./mi.zu.o./no.mi.ma.se.n.de.shi.ta.ka. 他沒有喝水嗎？

他動詞句＋行きます / 来ます	水(みず)を飲(の)みに行(い)きます。 mi.zu.o./no.mi.ni./i.ki.ma.su. 去喝水。
	水(みず)を飲(の)みに来(き)ます。 mi.zu.o./no.mi.ni./ki.ma.su. 來喝水。
同一動詞的自動詞句與他動詞句	お店(みせ)が開(ひら)きました。 o.mi.se.ga./hi.ra.ki.ma.shi.ta. 店開了。/ 店開始營業了。
	お店(みせ)を開(ひら)きました。 o.mi.se.o./hi.ra.ki.ma.shi.ta. 開了店。/ 開始經營商店了。

文法放大鏡

下面舉例 N5 會學到，相似的自動詞與他動詞句。

自動詞句	他動詞句
電気(でんき)が消(き)えます。 de.n.ki.ga./ki.e.ma.su. 燈要關了。	電気(でんき)を消(け)します。 de.n.ki.o./ke.shi.ma.su. 關燈。
車(くるま)が止(と)まります。 ku.ru.ma.ga./to.ma.ri.ma.su. 車要停了。	車(くるま)を止(と)めます。 ku.ru.ma.o./to.me.ma.su. 停車。
じゅぎょうが始(はじ)まります。 ju.gyo.u.ga./ha.ji.ma.ri.ma.su. 課程要開始了。	じゅぎょうを始(はじ)めます。 ju.gyo.u.o./ha.ji.me.ma.su. 開始上課。

動詞的應用句型 - 邀約

一緒(いっしょ)に帰(かえ)りましょう。

i.ssho.ni./ka.e.ri.ma.sho.u.

一起回去吧。

說明

想要邀請對方共同做一件事時，就是將非過去肯定的動詞句中動詞的「ます」改成「ましょう」。這個句型也可以用來當作答應對方邀請的回答句，像是「はい、帰(かえ)りましょう」（好，我們回去吧）。

例句

もう遅(おそ)いですね。帰(かえ)りましょう。

mo.u./o.so.i.de.su.ne./ka.e.ri.ma.sho.u.

已經很晚了呢。我們回家吧。

疲(つか)れました。ちょっと休(やす)みましょう。

tsu.ka.re.ma.shi.ta./cho.tto./ya.su.mi.ma.sho.u.

已經好累了。稍微休息一下吧。

お腹(なか)が空(す)きました。何(なに)か食(た)べましょう。

o.na.ka.ga./su.ki.ma.shi.ta./na.ni.ka./ta.be.ma.sho.u.

肚子餓了。吃點什麼吧。

暑(あつ)いです。エアコンをつけましょう。

a.tsu.i.de.su./e.a.ko.n.o./tsu.ke.ma.sho.u.

好熱。開冷氣吧。

遠(とお)いですから、タクシーで行(い)きましょう。

to.o.i.de.su.ka.ra./ta.ku.shi.i.de./i.ki.ma.sho.u.

因為很遠，坐計程車去吧。

授業(じゅぎょう)を始(はじ)めましょう。

ju.gyo.u.o./ha.ji.me.ma.sho.u.

開始上課吧。

文法補給站

表示邀請的句型

說明

在詢問對方要不要做某件事，或是邀約對方的時候。邀請時會問對方「要不要～呢？」，日文是用「～ませんか」，來表示建議及詢問。將「～ませんか」改成「～ましょうか」更加強邀約以及共同去做某事之意。再把「～ましょうか」的「か」去掉，也同樣是表示邀約對方共同從事某事，就是第 100 頁學到的邀約句型。

例句

映画(えいが)を見(み)に行(い)きませんか。
e.i.ga.o./mi.ni./i.ki.ma.se.n.ka.
要不要去看電影？

映画(えいが)を見(み)に行(い)きましょうか。
e.i.ga.o./mi.ni./i.ki.ma.sho.u.ka.
要不要一起去看電影？

映画(えいが)を見(み)に行(い)きましょう。
e.i.ga.o./mi.ni./i.ki.ma.sho.u.
(一起)去看電影吧。

一緒(いっしょ)にコーヒーを飲(の)みませんか。
i.ssho.ni./ko.o.hi.i.o./no.mi.ma.se.n.ka.
要不要一起去喝咖啡？

一緒(いっしょ)にコーヒーを飲みましょうか。
i.ssho.ni./ko.o.hi.i.o./no.mi.ma.sho.u.ka.
要不要一起去喝咖啡？

一緒(いっしょ)にコーヒーを飲(の)みましょう。
i.ssho.ni./ko.o.hi.i.o./no.mi.ma.sho.u.
一起去喝咖啡吧。

動詞的應用句型 - 協助

傘を貸しましょうか。
ka.sa.o./ka.shi.ma.sho.u.ka.
要不要借你傘。

說明

「ましょうか」除了有邀約的意思外，也有提出問句想幫助對方的意思。句型是將非過去肯定的動詞句中的「ます」改成「ましょうか」。

例句

手伝いましょうか。
te.tsu.da.i.ma.sho.u.ka.
需要幫忙嗎？

空港まで迎えに行きましょうか。
ku.u.ko.u.ma.de./mu.ka.e.ni./i.ki.ma.sho.u.ka.
要不要我到機場接你？

写真を撮りましょうか。
sha.shi.n.o./to.ri.ma.sho.u.ka.
要我幫忙拍照嗎？

荷物を持ちましょうか。
ni.mo.tsu.o./mo.chi.ma.sho.u.ka.
需要我幫忙提行李嗎？

お箸を取りましょうか。
o.ha.shi.o./to.ri.ma.sho.u.ka.
要我幫忙拿筷子嗎？

動詞的應用句型 - 需求

答(こた)えがしりたいです。
ko.ta.e.ga./shi.ri.ta.i.de.su.
想知道答案。

說明

要表達想做什麼的時候，是把動詞的語幹加上「たいです」。如果是他動詞的話，表示受詞的助詞「を」會改成「が」。「たいです」句型只能用於表達自己想要的事物，而不能用來敘述第三者的想法。

畫重點

動詞ます形語幹 + たいです

文法放大鏡

表達需求的句型有下面兩種：
名詞 + がほしいです (參考名詞篇第 36 頁)
動詞ます形語幹 + たいです

例句

あした休(やす)みたいです。
a.shi.ta./ya.su.mi.ta.i.de.su.
明天想請假。(休(やす)みます→休(やす)たい)

海(うみ)に行(い)きたいです。
u.mi.ni./i.ki.ta.i.de.su.
想要去海邊。(行(い)きます→行(い)きたい)

さかなが食(た)べたいです。
sa.ka.na.ga./ta.be.ta.i.de.su.
想吃魚。(食(た)べます→食(た)べたい；助詞用「が」)

授受動詞 - あげます

わたしは妹（いもうと）にプレゼントをあげます。
wa.ta.shi.wa./i.mo.u.to.ni./pu.re.ze.n.to.o./a.ge.ma.su.
我給妹妹禮物。

說明

日語中用來表示「給予」或「接受」的動詞，叫做「授受動詞」，使用這種動詞的用法叫作「授受表現」。授受表現要依給予者和接受者的上下關係，而選用不同的動詞。

首先要學的是「あげます」，是「給」的意思，句中的「に」則是表示把東西給了誰。

在這個句型之中，接受者不可以是「わたし」。

畫重點

あげます的句型：
給予者が / は + 接受者に + 事物を + あげます

例句

わたしは弟（おとうと）にゲームをあげました。
wa.ta.shi.wa./o.to.u.to.ni./ge.e.mu.o./a.ge.ma.shi.ta.
我給了弟弟遊戲。

父（ちち）は妹（いもうと）にぬいぐるみをあげました。
chi.chi.wa./i.mo.u.to.ni./nu.i.gu.ru.mi.o./a.ge.ma.shi.ta.
爸爸給了妹妹布偶。

おじいちゃんはまごに飴（あめ）をあげました。
o.ji.i.cha.n.wa./ma.go.ni./a.me.o./a.ge.ma.shi.ta.
爺爺給了孫子糖果。

MP3 045

授受動詞 - もらいます

わたしは友達(ともだち)からプレゼントをもらいました。
wa.ta.shi.wa./to.mo.da.chi.ka.ra./pu.re.ze.n.to.o./mo.ra.i.ma.shi.ta.
我從朋友那兒得到禮物。

わたしは友達(ともだち)にプレゼントをもらいました。
wa.ta.shi.wa./to.mo.da.chi.ni./pu.re.ze.n.to.o./mo.ra.i.ma.shi.ta.
我從朋友那兒得到禮物。

說 明

　　授受動詞「もらいます」是表示「拿到」「獲得」的意思，一般是用於平輩或是晚輩得到物品的情況(也就是接受者的輩份較低)。「から」或是「に」則表示是從何處得來的。

畫 重 點

もらいます的句型：
接受者が / は + 給予者に / から + 事物を + もらいます
(因為「もらいます」有接受恩惠的意思，所以此句型中，給予者不可以用「わたし」)

例 句

いもうとは先生(せんせい)に本(ほん)をもらいました。
i.mo.u.to.wa./se.n.se.i.ni./ho.n.o./mo.ra.i.ma.shi.ta.
妹妹從老師那兒得到一本書。

わたしは田中(たなか)さんからお土産(みやげ)をもらいました。
wa.ta.shi.wa./ta.na.ka.sa.n.ka.ra./o.mi.ya.ge.o./mo.ra.i.ma.shi.ta.
我從田中先生那兒得到伴手禮。

兄(あに)は父(ちち)からネクタイをもらいました。
a.ni.wa./chi.chi.ka.ra./ne.ku.ta.i.o./mo.ra.i.ma.shi.ta.
哥哥從父親那兒得到領帶。

接受動詞 - くれます

先生(せんせい)はわたしにプレゼントをくれます。
se.n.se.i.wa./wa.ta.shi.ni./pu.re.ze.n.to.o./ku.re.ma.su.
老師給我禮物。

說明

「くれます」是「給」的意思，但是用在給予者是長輩或地位較高者的時候，接受者是位階較低者，通常接受者會是「わたし」或是與話者(わたし)親近的人。

畫重點

くれます的句型：
給予者が / は + 接受者に / から + 事物を + くれます
(「くれます」有給予恩惠的意思，所以此句型的接受者必需是「わたし」或是與わたし親近的人，表示他人施恩於我)

例句

父(ちち)はわたしにぼうしをくれました。
chi.chi.wa./wa.ta.shi.ni./bo.u.shi.o./ku.re.ma.shi.ta.
爸爸給我帽子。

上司(じょうし)はわたしにお土産(みやげ)をくれました。
jo.u.shi.wa./wa.ta.shi.ni./o.mi.ya.ge.o./ku.re.ma.shi.ta.
上司給我伴手禮。

先生(せんせい)はわたしの姉(あね)にチョコレートをくれました。
se.n.se.i.wa./wa.ta.shi.no./a.ne.ni./cho.ko.re.e.to.o./ku.re.ma.shi.ta.
老師給我姊姊巧克力。

先輩(せんぱい)はわたしにマフラーをくれました。
se.n.pa.i.wa./wa.ta.shi.ni./ma.fu.ra.a.o./ku.re.ma.shi.ta.
前輩給了我圍巾。

保證得分！日檢 言語知識 N5 文法・文字・語彙

疑問詞篇

いつ - 何時

說明

疑問詞用於詢問人或物的性質、數量、狀況、時間、地點...等。疑問詞是一個統稱，每個疑問詞有不同的詞性，如「いつ」就是疑問副詞。

「いつ」是在詢問日期時用的疑問詞，即等同於中文的「何時」、「什麼時候」。在使用「いつ」時，前後不需要加特別的助詞，依照句意直接使用即可。

例句

いつ卒業ですか。
i.tsu./so.tsu.gyo.u.de.su.ka.
什麼時候畢業呢？

いつ出かけますか。
i.tsu./de.ka.ke.ma.su.ka.
何時出門呢？

店はいつ始まりますか。
mi.se.wa./i.tsu./ha.ji.ma.ri.ma.su.ka.
店何時開始營業呢？

いつまでですか。
i.tsu.ma.de.de.su.ka.
到什麼時候呢？

いつ知りましたか。
i.tsu./shi.ri.ma.shi.ta.ka.
什麼時候知道的呢？

いつ終わりますか。
i.tsu./o.wa.ri.ma.su.ka.
什麼時候結束呢？

何時（なんじ） - 幾點

說明

前面提到的「いつ」，是詢問日期或是大概的時間時所使用的疑問句。若是要詢問精確幾點幾分的時間，就要用「何時（なんじ）」。「何時（なんじ）」這個疑問詞可以當作是名詞來看，因此接續的方式也和名詞相同。

例句

今（いま）、何時（なんじ）ですか。
i.ma./na.n.ji.de.su.ka.
現在是幾點呢？

授業（じゅぎょう）は何時（なんじ）に始（はじ）まりましたか。
ju.gyo.u.wa./na.n.ji.ni./ha.ji.ma.ri.ma.shi.ta.ka.
上課是幾點開始呢？

何時（なんじ）に集合（しゅうごう）しますか。
na.n.ji.ni./shu.u.go.u.shi.ma.su.ka.
要在幾點時集合呢？

試験（しけん）は何時（なんじ）からですか。
shi.ke.n.wa./na.n.ji./ka.ra.de.su.ka.
考試是幾點開始呢？

仕事（しごと）は何時（なんじ）に終（お）わりますか。
shi.go.to.wa./na.n.ji.ni./o.wa.ri.ma.su.ka.
工作是幾點結束呢？

何時（なんじ）の飛行機（ひこうき）にしましょうか。
na.n.ji.no./hi.ko.u.ki.ni./shi.ma.sho.u.ka.
要坐幾點的飛機呢？

何(なに) - 什麼

說明

「何(なに)」就像是中文中的「什麼」，是用在詢問事、物的時候所使用的疑問代名詞。而依照疑問句中的動詞，需要在「何(なに)」後面加上「を」或是「が」等助詞。「何(なに)」的後面遇到た、だ、な行音的時候，通常會念作「なん」，例如「なんですか」。

例句

何(なに)をしに行(い)きますか。
na.ni.o./shi.ni./i.ki.ma.su.ka.
要去做什麼？

食(た)べ物(もの)は、何(なに)が好(す)きですか。
ta.be.mo.no.wa./na.ni.ga./su.ki.de.su.ka.
食物之中，喜歡吃什麼？

昨日(きのう)、何(なに)を食(た)べましたか。
ki.no.u./na.ni.o./ta.be.ma.shi.ta.ka.
昨天吃了什麼？

何(なに)を読(よ)みましたか。
na.ni.o./yo.mi.ma.shi.ta.ka.
讀了什麼？

何(なに)を買(か)いましたか。
na.ni.o./ka.i.ma.shi.ta.ka.
買了什麼？

これは何(なん)ですか。
ko.re.wa./na.n.de.su.ka.
這是什麼？

何(なん)＋助數詞

說明

「何(なに)」後面加上助數詞時可用來詢問數量，此時「何(なに)」的發音會變成「なん」像是「何人(なんにん)／何枚(なんまい)／何階(なんがい)／何番(なんばん)／何回(なんかい)」等。更多的助數詞，可參考數字時間篇。

例句

昨日(きのう)、何人(なんにん)来(き)ましたか。
ki.no.u./na.n.ni.n./ki.ma.shi.ta.ka.
昨天來了幾個人？

写真(しゃしん)を何枚(なんまい)撮(と)りましたか。
sha.shi.n.o./na.n.ma.i./to.ri.ma.shi.ta.ka.
拍了幾張照片？

シャツを何枚(なんまい)買(か)いましたか。
sha.tsu.o./na.n.ma.i./ka.i.ma.shi.ta.ka.
買了幾件襯衫？

何階(なんがい)に住(す)みますか。
na.n.ga.i.ni./su.mi.ma.su.ka.
住在幾樓呢？

何番(なんばん)ですか。
na.n.ba.n.de.su.ka.
是幾號呢？

何回(なんかい)会(あ)いましたか。
na.n.ka.i./a.i.ma.shi.ta.ka.
見過幾次面？

どこ - 哪裡

說明

「どこ」是代名詞，用在詢問地點。依照使用的動詞和句意的不同，後面所接續的助詞也有不同。若是詢問目的地時，是用助詞「へ」或「に」；而詢問進行動作的地點，則是用助詞「で」；另外，詢問從何處出發是用「から」，到何處為止是用「まで」。（詳細可參考助詞篇）

例句

どこへ行（い）きますか。
do.ko.e./i.ki.ma.su.ka.
要去哪裡呢？

昨日（きのう）はどこに行（い）きましたか。
ki.no.u.wa./do.ko.ni./i.ki.ma.shi.ta.ka.
昨天去哪裡了？

この本（ほん）、どこで買（か）いましたか。
ko.no.ho.n./do.ko.de./ka.i.ma.shi.ta.ka.
這本書是在哪裡買的？

どこから来（き）ましたか。
do.ko.ka.ra./ki.ma.shi.ta.ka.
從哪裡來的？

どこからどこまで走（はし）りますか。
do.ko.ka.ra./do.ko.ma.de./ha.shi.ri.ma.su.ka.
要從哪裡跑到哪裡？

ここはどこですか。
ko.ko.wa./do.ko.de.su.ka.
這裡是哪裡呢？

だれ / どなた - 誰

說明

要詢問人的身分時，就用「だれ」來詢問。在前面學的人稱代名詞中，也有看到這個字，是屬於不定稱代名詞，使用的方式也和名詞相同。在一般的情況時，是使用「だれ」，而在較為正式，需要注意禮貌的場合時，則使用「どなた」。

例句

あの人は誰ですか。
a.no.hi.to.wa./da.re.de.su.ka.
那個人是誰？

教室には誰がいましたか。
kyo.u.shi.tsu.ni.wa./da.re.ga./i.ma.shi.ta.ka.
教室裡曾有誰在嗎？

これは誰の携帯ですか。
ko.re.wa./da.re.no./ke.i.ta.i.de.su.ka.
這是誰的手機？

誰と行きましたか。
da.re.to./i.ki.ma.shi.ta.ka.
和誰一起去的？

あの方はどなたですか。
a.no.ka.ta.wa./do.na.ta.de.su.ka.
請問那個人是哪位呢？

どなた様ですか。
do.na.ta.sa.ma.de.su.ka.
請問您是哪位？

どうして - 為什麼

說明

「どうして」是副詞「為什麼」的意思，「どうしてですか」可以用於書面也可以用於口語。如果是非常輕鬆或熟識的場合，也可以用「なんで」；書面或是正式的對話中則可以說「なぜ」。

例句

どうしてですか。
do.u.shi.te.de.su.ka.
為什麼呢？

どうして台湾(たいわん)に来(き)ましたか。
do.u.shi.te./ta.i.wa.n.ni./ki.ma.shi.ta.ka.
為什麼來台灣呢？

どうして泣(な)くのですか。
do.u.shi.te./na.ku.no.de.su.ka.
為什麼哭呢？

どうして来(き)ませんでしたか。
do.u.shi.te./ki.ma.se.n.de.shi.ta.ka.
為什麼沒有來呢？

どうして行(い)きませんか。
do.u.shi.te./i.ki.ma.se.n.ka.
為什麼不去呢？

どうして言(い)いませんか。
do.u.shi.te./i.i.ma.se.n.ka.
為什麼不說呢？

MP3 050

どう / いかが - 如何

說明

要詢問對方的感覺或狀況如何，或是詢問如何做到某件事時，就可以使用「どう」。而在較為正式的場合，則是使用「いかが」較為禮貌。「どう」「いかが」都屬於副詞。

例句

どうしますか。
do.u.shi.ma.su.ka.
該怎麼辦呢？

あの人(ひと)をどう思(おも)いますか。
a.no.hi.to.o./do.u./o.mo.i.ma.su.ka.
你覺得那個人怎麼樣？

1杯(いっぱい)どうですか。
i.ppa.i./do.u.de.su.ka.
要不要去喝一杯？

コーヒーもう1杯(いっぱい)いかがですか。
ko.o.hi.i./mo.u.i.ppa.i./i.ka.ga.de.su.ka.
再來一杯如何呢？

ご気分(きぶん)はいかがですか。
go.ki.bu.n.wa./i.ka.ga.de.su.ka.
您感覺如何呢？ / 您的身體狀況如何呢？

ご意見(いけん)はいかがですか。
go.i.ke.n.wa./i.ka.ga.de.su.ka.
您的意見如何呢？

どんな - 什麼樣的

說明

詢問對方的感覺如何用「どう」，而要進一步詢問「是怎麼樣的...」時，可以加上要詢問的名詞，比如說：「什麼樣的酒」「什麼樣的車」「什麼樣的人」「什麼樣的感覺」...等，就用「どんな」再加上名詞，即可表達出「是什麼樣的...」。

例句

どんな感じですか。
do.n.na./ka.n.ji.de.su.ka.
是什麼樣的感覺呢？

彼はどんな人ですか。
ka.re.wa./do.n.na./hi.to.de.su.ka.
他是什麼樣的人呢？

どんな部屋が好きですか。
do.n.na.he.ya.ga./su.ki.de.su.ka.
喜歡什麼樣的房間呢？

どんな仕事が好きですか。
do.n.na.shi.go.to.ga./su.ki.de.su.ka.
喜歡什麼樣的工作呢？

どんな薬が効きますか。
do.n.na.ku.su.ri.ga./ki.ki.ma.su.ka.
什麼樣的藥有效呢？

どんな印象を持ちましたか。
do.n.na./i.n.sho.u.o./mo.chi.ma.shi.ta.ka.
留下什麼樣的印象呢？

どちら / どっち - 哪一個（二擇一）

說明

「どちら」「どっち」是疑問代名詞，在面臨選擇的時候，如果有兩個選項，要從其中選出一個時，可以用「どちら」。較口語的說法是「どっち」。若是選項是三個以上時，則用「どれ」或「どの」。

例句

どちらが好(す)きですか。
do.chi.ra.ga./su.ki.de.su.ka.
（兩者之中）喜歡哪一個呢？

どっちにしましょうか。
do.cchi.ni./shi.ma.sho.u.ka.
（兩者之中）該選哪一個呢？

ダンスも歌(うた)もどちらも下手(へた)です。
da.n.su.mo./u.ta.mo./do.chi.ra.mo./he.ta.de.su.
不管是舞蹈還是唱歌，都不擅長。

いちごとバナナと、どちらのほうが好(す)きですか。
i.chi.go.to./ba.na.na.to./do.chi.ra.no./ho.u.ga./su.ki.de.su.ka.
草莓和香蕉，你喜歡哪一種？

日本語(にほんご)の文法(ぶんぽう)と英語(えいご)の文法(ぶんぽう)と、どちらが難(むずか)しいですか。
ni.ho.n.go.no./bu.n.po.u.to./e.i.go.no.bu.n.po.u.to./do.chi.ra.ga./mu.zu.ka.shi.i.de.su.ka.
日語文法和英語文法，哪個比較難？

朝(あさ)ごはんはパンとごはんとどっちのほうが多(おお)いですか。
a.sa.go.ha.n.wa./pa.n.to./go.ha.n.to./do.cchi.no.ho.u.ga./o.o.i.de.su.ka.
早餐比較常吃麵包還是吃飯？

どれ - 哪一個（多擇一）

說明

當面臨的選項有三個以上，要詢問從中該選哪一個時，就用疑問代名詞「どれ」來表示。

例句

どれが好(す)きですか。
do.re.ga./su.ki.de.su.ka.
（這其中）你喜歡哪一個？

この中(なか)でどれが気(き)に入(い)りますか。
ko.no./na.ka.de./do.re.ga./ki.ni.i.ri.ma.su.ka.
這些裡你喜歡哪一個？

どれもいりません。
do.re.mo./i.ri.ma.se.n.
不管哪一個都不需要。

あなたの傘(かさ)はどれですか。
a.na.ta.no./ka.sa.wa./do.re.de.su.ka.
你的雨傘是哪一把呢？

どれもイタリア製(せい)です。
do.re.mo./i.ta.ri.a.se.i.de.su.
不管哪一個都是義大利製的。

好(す)きな時計(とけい)はどれですか。
su.ki.na./to.ke.i.wa./do.re.de.su.ka.
（這其中）你喜歡的時鐘是哪一個呢？

どの - 哪個

說明

前面學過在三個選項中間選一個時，要問「哪一個」時是用「どれ」。但是，如果要在疑問詞後面加上特定的名詞，比如說「哪一個杯子」「哪一把傘」「哪一部車」的時候，就要用「どの」來接續名詞。比如說「どのコップ」「どの傘(かさ)」「どの車(くるま)」。

例句

どの服(ふく)が好(す)きですか。
do.no./fu.ku.ga./su.ki.de.su.ka.
（這其中）喜歡哪件衣服呢？

田中(たなか)さんはどの人(ひと)ですか。
ta.na.ka.sa.n.wa./do.no./hi.to.de.su.ka.
田中先生是哪個人呢？

どの車(くるま)に乗(の)りますか。
do.no./ku.ru.ma.ni./no.ri.ma.su.ka.
要坐哪部車呢？

どの人(ひと)に言(い)いますか。
do.no.hi.to.ni./i.i.ma.su.ka.
要跟哪個人說呢？

どの花(はな)がほしいですか。
do.no./ha.na.ga./ho.shi.i.de.su.ka.
想要哪一種花呢？

どの人(ひと)に頼(たの)みますか。
do.no.hi.to.ni./ta.no.mi.ma.su.ka.
要拜託哪個人呢？

どれくらい - 多遠 / 多少錢 / 多久

說明

「くらい」是用來表示大概、大約的意思。在對話中，要詢問所需要花費的時間、金錢等問題時，通常是問一個大概的數字，如：「大約需要多少錢」「大概要多久」...等。這時候，就可以用「どれくらい」來詢問。

例句

東京(とうきょう)から仙台(せんだい)までどれくらいかかりますか。
to.u.kyo.u.ka.ra./se.n.da.i.ma.de./do.re.ku.ra.i./ka.ka.ri.ma.su.ka.
從東京到仙台大約需要多少時間？

サラリーマンの給料(きゅうりょう)はどれくらいですか。
sa.ra.ri.i.ma.n.no./kyu.u.ryo.u.wa./do.re.ku.ra.i.de.su.ka.
上班族的薪水大約是多少呢？

家(いえ)から学校(がっこう)までどれくらいかかりますか。
i.e.ka.ra./ga.kko.u.ma.de./do.re.ku.ra.i./ka.ka.ri.ma.su.ka.
從家裡到學校差不多要多久呢？

新幹線(しんかんせん)の切符(きっぷ)はどれくらいかかりますか。
shi.n.ka.n.se.n.no./ki.ppu.wa./do.re.ku.ra.i./ka.ka.ri.ma.su.ka.
新幹線的車票大約需要多少錢呢？

年収(ねんしゅう)はどれくらいですか。
ne.n.shu.u.wa./do.re.ku.ra.i.de.su.ka.
年收入大約是多少呢？

どれくらい難(むずか)しいですか。
do.re.ku.ra.i./mu.zu.ka.shi.i.de.su.ka
有多難？

MP3
053

いくら - 多少錢

說明

　　詢問價錢時，可以使用「いくら」。這個字是以名詞的用法來使用，後面不需要再加上金錢的單位。

例句

ガス代（だい）はいくらですか。
ga.su.da.i.wa./i.ku.ra.de.su.ka.
瓦斯費是多少錢呢？

この花（はな）はいくらですか。
ko.no./ha.na.wa./i.ku.ra.de.su.ka.
這朵花多少錢呢？

この靴（くつ）はいくらですか。
ko.no./ku.tsu.wa./i.ku.ra.de.su.ka.
這雙鞋多少錢呢？

これはいくらですか。
ko.re.wa./i.ku.ra.de.su.ka.
這個多少錢呢？

1（いち）キロいくらで売（う）りますか。
i.chi.ki.ro./i.ku.ra.de./u.ri.ma.su.ka.
1 公斤賣多少錢呢？

給料（きゅうりょう）はいくらほしいですか。
kyu.u.ryo.u.wa./i.ku.ra./ho.shi.i.de.su.ka.
想要多少薪水呢？

いくつ - 幾個 / 幾歲

說明

詢問物品有幾個，或是問別人幾歲的時候，可以使用「いくつ」。但用在詢問幾歲時，通常會加上接頭詞「お」表示禮貌，說「おいくつ」。

例句

娘（むすめ）さんはおいくつですか。
mu.su.me.sa.n.wa./o.i.ku.tsu.de.su.ka.
您的女兒今年幾歲呢？

いくつありますか。
i.ku.tsu./a.ri.ma.su.ka.
有幾個呢？

部屋（へや）はいくつありますか。
he.ya.wa./i.ku.tsu./a.ri.ma.su.ka.
房間有幾間呢？

いくつですか。
i.ku.tsu./de.su.ka.
有幾個呢？

今年（ことし）おいくつですか。
ko.to.shi./o.i.ku.tsu.de.su.ka.
今年貴庚？

いくついりますか。
i.ku.tsu./i.ri.ma.su.ka.
需要幾個呢？

保證得分！日檢 言語知識 N5 文法・文字・語彙

助詞篇

は - 用於說明或是判斷

說明

在學習名詞句、形容詞句時，可以常常看到「は」這個助詞出現。在這些句子中出現的「は」，就是用於說明或是判斷的句子時的「は」。而這其中又可以細分為表示名字、說明定義、生活中的定理、一般的習慣、發話者的判斷...等各種不同的用法。接下來，就利用下面的句子中為實際例子做學習。

例句

わたしは田中京子(たなかきょうこ)です。
wa.ta.shi.wa./ta.na.ka.kyo.u.ko.de.su.
我叫田中京子。（表示名字）

これは椅子(いす)です。
ko.re.wa./i.su.de.su.
這是椅子。（表示定義）

冬(ふゆ)は寒(さむ)いです。
fu.yu.wa./sa.mu.i.de.su.
冬天是寒冷的。（表示一般性的定理）

１分(いっぷん)は６０秒(ろくじゅうびょう)です。
i.ppu.n.wa./ro.ku.ju.u.byo.u.de.su.
1 分鐘是 60 秒。（表示一般性的定理）

先生(せんせい)は毎日運動(まいにちうんどう)します。
se.n.se.i.wa./ma.i.ni.chi./u.n.do.u.shi.ma.su.
老師每天都做運動。（表示習慣）

ゲームは楽(たの)しいです。
ge.e.mu.wa./ta.no.shi.i.de.su.
玩遊戲很開心。（表示發話者的判斷）

は－說明主題的狀態

說明

「は」後面的句子，用來說明主題的特徵和狀態。

例句

田中さんは髪が長いです。
ta.na.ka.sa.n.wa./ka.mi.ga./na.ga.i.de.su.
田中小姐的頭髮很長。

は－兩者比較說明時

說明

列舉兩個主題，將兩個主題同時做比較的時候，要比較說明兩個主題分別有什麼樣的特點之時，即是使用「は」。這樣的句子通常是前後兩個句子的句型很相似，句意也會相關或是相反。

例句

いちごは好きですが、バナナは嫌いです。
i.chi.go.wa./su.ki.de.su.ga./ba.na.na.wa./ki.ra.i.de.su.
喜歡草莓，討厭香蕉。

鶏肉は食べますが、牛肉は食べません。
to.ri.ni.ku.wa./ta.be.ma.su.ga./gyu.u.ni.ku.wa./ta.be.ma.se.n.
吃雞肉，不吃牛肉。

彼は行きますが、わたしは行きません。
ka.re.wa./i.ki.ma.su.ga./wa.ta.shi.wa./i.ki.ma.se.n.
他會去，但我不去。

は－談論前面提過的主題時

說明

在談話的時候，一個主題的話題，通常不會只有一句話就結束，當第二句話的主題，還是以前一句話的主題為中心時，第二句話提到主詞時，後面的助詞就要使用「は」，以表示所說的是特定的對象。

例句

うちに猫(ねこ)がいます。その猫(ねこ)は白(しろ)いです。
u.chi.ni./ne.ko.ga./i.ma.su./so.no.ne.ko.wa./shi.ro.i.de.su.
我家有隻貓。那隻貓是白色的。

あそこに食堂(しょくどう)があります。その食堂(しょくどう)はまずいです。
a.so.ko.ni./sho.ku.do.u.ga./a.ri.ma.su./so.no.sho.ku.do.u.wa./ma.zu.i.de.su.
那裡有間餐廳。那間餐廳的菜很難吃。

は－限定的主題時

說明

要在眾多事物中指出其中一個再加以說明時，要先指出該項事物的特點，以讓聽話的對方知道指定的主題是誰，然後找到主題後，再針對主題作出說明。像這樣的情形，在面臨限定的主題時，後面就要用助詞「限定」主題。

例句

あの高(たか)い人(ひと)はだれですか。
a.no.ta.ka.i.hi.to.wa./da.re.de.su.ka.
那個高的人是誰？（限定條件：あの高(たか)い／主題：人）

あのきれいなかばんはだれのですか。
a.no.ki.re.i.na./ka.ba.n.wa./da.re.no./de.su.ka.
那好看的包是誰的？（限定條件：あのきれいな／主題：かばん）

は - 選出一項主題加以強調

說明

在眾多的物品中，舉出其中一個加以強調其特殊性時，被舉出的主題後面，就用「は」。

例句

お腹(なか)が一杯(いっぱい)です。でもケーキは食(た)べたいです。

o.na.ka.ga./i.ppa.i.de.su./de.mo./ke.e.ki.wa./ta.be.ta.i.de.su.

已經吃飽了。但是還想吃蛋糕。

肉(にく)が嫌(きら)いですが、魚(さかな)は食(た)べます。

ni.ku.ga./ki.ra.i.de.su.ga./sa.ka.na.wa./ta.be.ma.su.

不喜歡吃肉，但是吃魚。

が - 在自動詞句的主語後面

說明

在動詞篇中學到的自動詞句，通常在主語後面使用「が」。

例句

商店街(しょうてんがい)に人(ひと)が大勢(おおぜい)います。

sho.u.te.n.ga.i.ni./hi.to.ga./o.o.ze.i.i.ma.su.

商店街有大批的人潮。（表示存在）

雪(ゆき)が降(ふ)ります。

yu.ki.ga./fu.ri.ma.su.

下雪。（表示自然現象）

電車(でんしゃ)が来(き)ます。

de.n.sha.ga./ki.ma.su.

電車來了。（表示事物的現象）

が - 表示某主題的狀態

說明

句子中同時有兩個主語，後面表示敘述的主語就會使用「が」。例如「うさぎは耳が長いです」，因為同時有兩個主詞うさぎ和耳，耳後的助詞就改成「が」。在句子中「うさぎ」是敘述的主題，而「耳が長い」則是表示其狀態

例句

キリンは首が長いです。
ki.ri.n.wa./ku.bi.ga./na.ga.i.de.su.
長頸鹿的脖子很長。

が - 表示對話中首次出現的主題

說明

前面學習「は」的時候，說過在對話中的主題出現第二次時，就要使用「は」。那麼在第一次出現時，則是使用「が」來提示對方這個主題的存在，說明這是話題中第一次出現這個主題。

例句

そこに白い椅子があります。それはいくらですか。
so.ko.ni./shi.ro.i./i.su.ga./a.ri.ma.su./so.re.wa./i.ku.ra.de.su.ka.
那裡有張白色的衣子。那張椅子多少錢呢？

あそこにきれいな女の人がいます。あの人はわたしの母です。
a.so.ko.ni./ki.re.i.na./o.n.na.no.hi.to.ga./i.ma.su./a.no.hi.to.wa./wa.ta.shi.no./ha.ha.de.su.
那裡有一位美麗的女人。那個人就是我母親。

が - 表示心中感覺

說明

在句子中表示自己的喜好、不安、願望、要求、希望、關心...等內心的感覺時，在表示關心的事物後面，是用「が」來表示。另外，表示心中感覺的句子，主要是以「我」為主角。若主詞是「我以外的人」時，通常是疑問句，

例句

わたしは釣(つ)りが好(す)きです。
wa.ta.shi.wa./tsu.ri.ga./su.ki.de.su.
我喜歡釣魚。

あなたは魚(さかな)が嫌(きら)いですか。
a.na.ta.wa./sa.ka.na.ga./ki.ra.i.de.su.ka.
你不喜歡魚嗎？

が - 表示所屬關係

說明

表示「擁有」某樣東西時，通常是用「あります」「います」這些動詞。而在擁有的東西後面，要加上助詞「が」來表示是所屬的關係。

例句

わたしは野球(やきゅう)ボールが3(みっ)つあります。
wa.ta.shi.wa./ya.kyu.u.bo.o.ru.ga./mi.ttsu./a.ri.ma.su.
我有3顆棒球。

彼(かれ)は友達(ともだち)がたくさんいます。
ka.re.wa./to.mo.da.chi.ga./ta.ku.sa.n./i.ma.su.
他有很多朋友。

が - 逆接

說明

「が」除了可以放在名詞後面之外，也可以放在句中當文意的轉折點。當前後文的意思相反時，在句子前半敘述的最後加上助詞「が」，即是表示接下來的意思相反或句義轉折。

例句

成績(せいせき)はいいですが、性格(せいかく)は悪(わる)いです。
se.i.se.ki.wa./i.i.de.su.ga./se.i.ka.ku.wa./wa.ru.i.de.su.
成績很好，但是個性很惡劣。

きれいですが、冷(つめ)たいです。
ki.re.i.de.su.ga./tsu.me.ta.i.de.su.
長得很漂亮，但是很冷淡。

が - 開場

說明

在日文中，要開口和人交談時，若是陌生人或是較禮貌的場合時，一開始都會先用「すみませんが」來引起對方的注意。就像是中文裡，想要引起對方注意時，會說「不好意思」「請問...」一樣。因此，在會話開場時，會在「すみません」的後面再加上助詞「が」來當開場白。

例句

あのう、すみませんが、図書館(としょかん)はどこですか。
a.no.u./su.mi.ma.se.n.ga./to.sho.ka.n.wa./do.ko.de.su.ka.
不好意思，請問圖書館在哪裡呢？

が－兩個主題並列

說明

敘述主題時，要同時舉出兩個特色並列說明時，在前一句的後面加上「が」，表示並列的意思。

例句

兄(あに)は医者(いしゃ)ですが、弟(おとうと)はスポーツ選手(せんしゅ)です。
a.ni.wa./i.sha.de.su.ga./o.to.u.to.wa./su.po.o.tsu.se.n.shu.de.su.
哥哥是醫生，弟弟是體育選手。

も－表示共通點

說明

兩項主題間具有相同的共通點時，可以用「も」來表示「也是」的意思。使用的時候有兩種情況，一種是只加在後面出現的主語，另一種則是後前兩個主語都使用「も」。

例句

彼(かれ)は台湾(たいわん)から来(き)ました。わたしも台湾(たいわん)から来(き)ました。
ka.re.wa./ta.i.wa.n.ka.ra./ki.ma.shi.ta./wa.ta.shi.mo./ta.i.wa.n.ka.ra./ki.ma.shi.ta.
他是從來台灣來的，我也是從台灣來的。

も－與疑問詞連用

說明

「も」和疑問詞連用的時候，可以當成是「都」的意思。例如「どれも」就是「每個都」的意思。而疑問詞和「も」連用，通常都是具有強烈肯定或否定的意思。

どれ＋も→どれも／哪個都
いつ＋も→いつも／一直都
どこ＋も→どこも／到處都
なに＋も→なにも／什麼都

例句

どれもいい作品（さくひん）です。
do.re.mo./i.i.sa.ku.hi.n.de.su.
不管哪個都是好作品。

いつも忙（いそが）しいです。
i.tsu.mo./i.so.ga.shi.i.de.su.
一直都很忙。

どこも出（で）かけませんでした。
do.ko.mo./de.ka.ke.ma.se.n.de.shi.ta.
哪裡都沒有去。

何（なに）も見（み）ません。
na.ni.mo./mi.ma.se.n.
什麼都不看。

も－強調程度

說明

在句子中，要強調數量的多寡、程度的強烈時，可以在句中的數字後面加上「も」，表示「竟然也有這麼多」的意思。或是在名詞後面加上「も」，表示「竟然連這件事都…」或是「竟然連這個都…」。

例句

公園（こうえん）に100人（ひゃくにん）もいます。
ko.u.e.n.ni./hya.ku.ni.n.mo./i.ma.su.
公園裡竟然有100個人。

の - 所屬關係

說明

「の」是表示「的」，具有表示所屬、說明屬性的意思。像是「わたしの本（ほん）」裡的「の」，就是「我的書」中「的」的意思。

例句

先生（せんせい）の車（くるま）です。
se.n.se.i.no./ku.ru.ma.de.su.
老師的車。

アメリカのおみやげです。
a.me.ri.ka.no./o.mi.ya.ge.de.su.
美國的伴手禮。

を - 表示他動詞動作的對象

說明

當「を」出現在名詞後面的時候，是表示動詞所動作的對象，這時的名詞也就是一般所說的「受詞」。

例句

ジュースを飲（の）みます。
ju.u.su.o./no.mi.ma.su.
喝果汁。

フォークを使（つか）います。
fo.o.ku.o./tsu.ka.i.ma.su.
使用叉子。

を - 表示移動動詞動作的場所

說明

在前面的自動詞篇章第 80 頁中，曾經學過「移動動詞」，而在移動動詞中，有一種表示在某區域、場所間移動的動詞，這種動詞，就要要使用「を」來表示移動的地點和場所。

例句

公園(こうえん)を散歩(さんぽ)します。
ko.u.e.n.o./sa.n.po.shi.ma.su.
在公園裡散步。

道(みち)を歩(ある)きます。
mi.chi.o./a.ru.ki.ma.su.
在路上走。 / 走路。

道(みち)を通(とお)ります。
mi.chi.o./to.o.ri.ma.su.
通過道路。

海(うみ)を渡(わた)ります。
u.mi.o./wa.ta.ri.ma.su.
渡海。

さかなが海(うみ)を泳(およ)ぎます。
sa.ka.na.ga./u.mi.o./o.yo.gi.ma.su.
魚在海中游動。

飛行機(ひこうき)が空(そら)を飛(と)びます。
hi.ko.u.ki.ga./so.ra.o./to.bi.ma.su.
飛機在空中飛。

を - 從某處出來

說明

要表示從某個地方出來，是在場所的後面加上「を」。（和起點的意思不同，而是單純指從某地方裡面出來到外面）

例句

朝(あさ)、家(いえ)を出(で)ます。
a.sa./i.e.o./de.ma.su.
早上從家裡出來。

台北(たいぺい)でバスを降(お)ります。
ta.i.pe.i.de./ba.su.o./o.ri.ma.su.
在台北下公車（客運）。

か - 表示疑問或邀約

說明

在前面學過的名詞句、形容詞句、動詞句中，要寫成疑問句時，都是在句末加上助詞「か」。

例句

このかばんはあなたのですか。
ko.no.ka.ba.n.wa./a.na.ta.no./de.su.ka.
那個包包是你的嗎？（表示疑問）

一緒(いっしょ)に映画(えいが)を見(み)に行(い)きませんか。
i.ssho.ni./e.i.ga.o./mi.ni./i.ki.ma.se.n.ka.
要不要一起去看電影？（詢問對方意願）

お食事(しょくじ)に行(い)きましょうか。
o.sho.ku.ji.ni./i.ki.ma.sho.u.ka.
要不要一起去吃飯？（表示邀請）

か－選項

說明

在句子中列出兩個以上的選項，要從其中選擇。這時選項的後面加上「か」即表示選擇其中一項的意思，就如同中文裡的「或者」之意。

例句

ペンか鉛筆(えんぴつ)で書(か)きます。
pe.n.ka./e.n.pi.tsu.de./ka.ki.ma.su.
用筆或是鉛筆寫。

タクシーかバスに乗(の)ります。
ta.ku.shi.i.ka./ba.su.ni./no.ri.ma.su.
坐計程車或公車。

か－表示不特定的對象

說明

在疑問詞的後面，加上「か」，可以用來表是不特定的對象。像是在「だれ」的後面加上「か」，即表示「某個人」的意思。

畫動點

だれ＋か→だれか／某個人
どこ＋か→どこか／某處
なに＋か→なにか／某個
いつ＋か→いつか／某個時候

例句

誰(だれ)かがこっちに来(き)ます。
da. re.ka.ga./ko.cchi.ni./ki.ma.su.
有某個人會來這裡。

どこかに置(お)きましたか。
do.ko.ka.ni./o.ki.ma.shi.ta.ka.
放在哪裡了呢？

何(なに)か食(た)べ物(もの)がありませんか。
na.ni.ka./ta.be.mo.no.ga./a.ri.ma.se.n.ka.
有沒有什麼吃的？

いつかまた会(あ)いましょう。
i.tsu.ka./ma.ta.a.i.ma.sho.u.
某個時候再見面吧。 / 後會有期。

に - 表示存在的場所

説明

在表示地方的名詞後面加上「に」，表示物品或人物位於某個地點。通常和前面所學過的「あります」「います」配合使用。

例句

机(つくえ)の上(うえ)にお菓子(かし)があります。
tsu.ku.e.no./u.e.ni./o.ka.shi.ga./a.ri.ma.su.
桌上有零食。

庭(にわ)にだれがいますか。
ni.wa.ni./da.re.ga./i.ma.su.ka
有誰在院子裡嗎？

冷蔵庫(れいぞうこ)にりんごがあります。
re.i.zo.u.ko.ni./ri.n.go.ga./a.ri.ma.su.
冰箱裡有蘋果。

に - 表示動作進行的場所

說明

一個動作一直固定在某個地方進行的時候，就會用「に」來表示長期、穩定的在該處進行動作。若是短暫的動作時，則多用「で」來表示。（可參照第 140 頁「で」的介紹）

例句

出版社に勤めています。
shu.ppa.n.sha.ni./tsu.to.me.te.i.ma.su.
在出版社工作。（表示長期在出版社上班）

公園のベンチに座ります。
ko.u.e.n.no./be.n.chi.ni./su.wa.ri.ma.su.
坐在公園的長椅上。（表示坐在椅子上的狀態）

ここに住みます。
ko.ko.ni.su.mi.ma.su.
住這裡。（表示動作長期的狀態）

に - 表示動作的目的

說明

在前面的他動詞句中曾經學過，要表示動作的目的時，可以用動詞ます形的語幹加上助詞「に」來表示目的。另外，還有表示目的地的「に」，則是在地點後面加上「に」。而在名詞後面加上「に」也具有表示目的之意。

例句

映画を見に行きます。
e.i.ga.o./mi.ni./i.ki.ma.su.
去看電影。

MP3 062

留学に来ました。
ryu.u.ga.ku.ni./ki.ma.shi.ta.
來留學。（名詞＋に）

に - 表示目的地

說明

在場所的後面加上「に」表示這個場所是目的地。

例句

公園に行きます。
ko.u.e.n.ni./i.ki.ma.su.
去公園。

に - 表示時間

說明

在表示時間的名詞後面加上「に」，可以用來說明動作的時間點，也可以用來表示時間的範圍。

例句

毎日 10 時に寝ます。
ma.i.ni.chi./ju.u.ji.ni./ne.ma.su.
每天 10 點就寢。（表示動作的時間點）

月に 2 回図書館に行きます。
tsu.ki.ni./ni.ka.i./to.sho.ka.n.ni./i.ki.ma.su.
一個月去兩次圖書館。（表示時間的範圍）

に - 表示變化的結果

說明

在句子中，若要表示變化的結果時，要在表示結果的詞（可以是名詞、な形容詞）後面加上「に」。（可參考第 87 頁なります的句型）

例句

医者（いしゃ）になりました。
i.sha.ni./na.ri.ma.shi.ta.
變成醫生了。 / 當上醫生了。

へ - 表示目標

說明

「へ」表示動作的目標，這個目標可以是場所，也可以是人。「へ」在使用上，有時和「に」作用類似，但「へ」具有移動方向之意。（可參考「に」的介紹）

例句

明日（あした）、日本（にほん）へ出発（しゅっぱつ）します。
a.shi.ta./ni.ho.n.e./shu.ppa.tsu.shi.ma.su.
明天要出發前往日本。

で - 動作進行的地點或時間點

說明

在場所或時間的後面加上「で」通常是表示短時間內在進行一個動作，這個動作並不是固定出現的。（用法和「に」略有不同，可參照「に」的說明）

例句

夏は海で泳ぎます。

na.tsu.wa./u.mi.de./o.yo.gi.ma.su.

夏天時在海裡游泳。

30 歳で結婚しました。

sa.n.ju.ssa.i.de./ke.kko.n.shi.ma.shi.ta.

30 歲時結婚了。

で - 手段、道具或材料

說明

表示手段時，在名詞的後面加上「で」，用來表示「藉著」此物品來進行動作或達成目標。另外，物品是「用什麼」做成的，如：木材製成桌椅，也是以「で」來表示；但若是產生化學變化而產生的物品，例如：石油變成纖維，則不能用「で」而要用「から」。

例句

電車で学校へ行きます。

de.n.sha.de./ga.kko.u.e./i.ki.ma.su.

坐電車去學校。（表示手段）

フォークでハンバーグを食べます。

fo.o.ku.de./ha.n.ba.a.gu.o./ta.be.ma.su.

用叉子吃漢堡排。（表示道具）

この椅子は木で作られます。

ko.no.i.su.wa./ki.de./tsu.ku.ra.re.ma.su.

這把椅子是用木頭做的。（表示材料，和第 145 頁「から」比較）

で－表示原因

說明

「で」也可以用來表示理由。說明由於什麼原因而有後面的結果。

例句

寝坊で遅刻しました。（ねぼう／ちこく）
ne.bo.u.de./chi.ko.ku.shi.ma.shi.ta.
因為睡過頭而遲到。

で－表示狀態

說明

「で」也可以用來表示動作進行時的狀態，例如：一個人、大家一起、一口氣...等。

例句

一人でご飯を作りました。（ひとり／はん／つく）
hi.to.ri.de./go.ha.n.o./tsu.ku.ri.ma.shi.ta.
一個人作了飯。

みんなで映画を見に行きます。（えいが／み／い）
mi.n.na.de./e.i.ga.o./mi.ni.i.ki.ma.su.
大家一起去看電影。

と－二者以上並列

說明

列舉出兩個以上的事物，表示這些事物是同等重要的時候，就用「と」來表示。意思就與中文裡的「和」相同。

例 句

牛乳(ぎゅうにゅう)と紅茶(こうちゃ)を買(か)いました。
gyu.u.nyu.u.to./ko.u.cha.o./ka.i.ma.shi.ta.
買了牛奶和紅茶。

と - 表示一起動作的對象

說 明

要說明一起進行動作的對象，就在表示對象的名詞後面加上「と」。

例 句

友達(ともだち)と映画(えいが)を見(み)に行(い)きました。
to.mo.da.chi.to./e.i.ga.o./mi.ni.i.ki.ma.shi.ta.
和朋友去看了電影。

と - 引用

說 明

引用他人或是一般的說法來表達內容用「と」，可參考 221 頁。

例 句

帰(かえ)るとき、みんなに「さようなら」と言(い)いました。
ka.e.ru.to.ki./mi.n.na.ni./sa.yo.u.na.ra.to./i.i.ma.shi.ta.
回去前和大家說了再見。

先生(せんせい)はテストはむずかしいと言(い)いました。
se.n.se.iwa./te.su.to.wa./mu.zu.ka.shi.i.to./i.i.ma.shi.ta.
老師說考試會很難。

と - 表示意見和想法

說明

說過的話或自己的想法後面加上「と」，通常會搭配「思(おも)います」等表達想法、說法的動詞。

例句

日本語(にほんご)は難(むず)しいと思(おも)います。
ni.ho.n.go.wa./mu.zu.ka.shi.i.to./o.mo.i.ma.su.
我覺得日語很難。

から - 表示起點

說明

「から」可以用來表示起點，這裡的起點可以是地點、時間、範圍、立場...等。

例句

授業(じゅぎょう)は9時(くじ)からです。
ju.gyo.u.wa./ku.ji.ka.ra.de.su.
課程從9點開始。（表示時間的起點）

今日(きょう)は学校(がっこう)から公園(こうえん)まで走(はし)りました。
kyo.u.wa./ga.kko.u.ka.ra./ko.u.e.n.ma.de./ha.shi.ri.ma.shi.ta.
今天從學校跑到了公園。（表示範圍）

から - 表示原因

說明

「から」用來表示原因時，是表示自己的主張，或是對別人發出命令時使用。

例 句

眠いから行きません。
ne.mu.i.ka.ra./i.ki.ma.se.n.
因為想睡所以不去。

から - 表示原料

說 明

前面曾經學過「で」用來表示原料直接製成物品，而沒有經過化學變化。「から」則是原料經過了化學變化，成品完成後已經看不出原料的材質和形式了。

例 句

ワインはぶどうから作られます。
wa.i.n.wa./bu.do.u.ka.ra./tsu.ku.ra.re.ma.su.
紅酒是葡萄做的。

より - 比較

說 明

「より」具有比較基準的意思，也就是中文裡的「比」。「より」常會搭配名詞「ほう」(意為「某一邊」) 使用，如：「～より～ほうがいいです」的句型，表示比較之後，覺得其中一邊比較好。

例 句

彼女はわたしより背が高いです。
ka.no.jo.wa./wa.ta.shi.yo.ri./se.ga./ta.ka.i.de.su.
她比我高。

彼女より、わたしのほうが背が高いです。
ka.no.jo.yo.ri./wa.ta.shi.no.ho.u.ga./se.ga.ta.ka.i.de.su.
比起她，我比較高。

日本(にほん)は台湾(たいわん)より大(おお)きいです。
ni.ho.n.wa./ta.i.wa.n.yo.ri./o.o.ki.i.de.su.
日本比台灣大。

日本(にほん)より、アメリカのほうが大(おお)きいです。
ni.ho.n.yo.ri./a.me.ri.ka.no./ho.u.ga./o.o.ki.i.de.su.
比起日本，美國比較大。

まで - 到～為止

說明

「まで」是用來表示一個範圍的終點，可以是時間也可以是地點。

例句

今日(きょう)は学校(がっこう)から公園(こうえん)まで走(はし)りました。
kyo.u.wa./ga.kko.u.ka.ra./ko.u.e.n.ma.de./ha.shi.ri.ma.shi.ta.
今天從學校跑到了公園。（公園是終點）

社長(しゃちょう)を空港(くうこう)まで送(おく)りました。
sha.cho.u.o./ku.u.ko.u.ma.de./o.ku.ri.ma.shi.ta.
送社長去了機場。（機場是終點）

まで - 持續

說明

「まで」用來表示動作持續到的時間點，即在這個時間點之前，動作都是持續的。

例句

夜(よる)までずっと日本語(にほんご)を勉強(べんきょう)しました。
yo.ru./ma.de./zu.tto./ni.ho.n.go.o./be.n.kyo.u.shi.ma.shi.ta.
一直研讀日語到晚上。（到晚上之前都持續在研讀）

今日は3時まで会社にいます。
kyo.u.wa./sa.n.ji.ma.de./ka.i.sha.ni./i.ma.su.
今天 3 點前會在公司。（到 3 點之前都持續在公司）

までに - 期限

說明

「までに」是用來表示最終時間點，動作必需在這個期限之前完成，但該動作不是持續性的。

例句

金曜日までにレポートを出してください。
ki.n.yo.u.bi./ma.de.ni./re.e.po.o.to.o./da.shi.te./ku.da.sa.i.
請在週五前交報告。（在週五前完成交報告的動作）

30 歳までに結婚したいです。
sa.n.ju.ssa.i./ma.de.ni./ke.kko.n./shi.ta.i.de.su.
想在 30 歲前結婚。（在 30 歲前完成結婚的動作）

など - 之類

說明

「など」等同於中文裡的「...等」之意。是在很多物品中列舉了其中幾樣的意思，或者是從眾多的物品中舉出了其中一樣當例子，通常會搭配助詞「や」使用。(可參考下面第 148 頁)

例句

朝はトーストやサンドイッチなどを食べます。
a.sa.wa./to.o.su.to.ya./sa.n.do.i.cchi.na.do.o./ta.be.ma.su.
早上通常是吃吐司或是三明治之類的。

や - 或

說明

「や」可以當成是「或是」的意思。用在並列舉出例子時，將這些例子串連起來。

例 句

ここには、台湾(たいわん)や日本(にほん)や韓国(かんこく)など、いろいろな国(くに)の社員(しゃいん)がいます。
ko.ko.ni.wa./ta.i.wa.n.ya./ni.ho.n.ya./ka.n.ko.ku.na.do./i.ro.i.ro.na./ku.ni.no./sha.i.n.ga./i.ma.su.
在這裡，有台灣、日本、韓國...等各國的員工。

考(かんが)え方(かた)ややり方(かた)は違(ちが)います。
ka.n.ga.e.ka.ta.ya./ya.ri.ka.ta.wa./chi.ga.i.ma.su.
想法或是做法不同。

しか - 只

說明

「しか」是「只」的意思，是限定程度、範圍的說法。在使用「しか」的時候，後面一定要用否定形，就如同是中文裡面的「非...不可」的意思。

例 句

肉(にく)しか食(た)べません。
ni.ku.shi.ka./ta.be.ma.se.n.
非肉不吃。／只吃肉。

水(みず)しか飲(の)みません。
mu.zu.shi.ka./no.mi.ma.se.n.
非水不喝。／只喝水。

くらい - 大約

說明

在日文中，要表示大概的數字和程度時，可以用「くらい」或是「ほど」來表示。「くらい」也可以說「ぐらい」。

例句

学校（がっこう）までは5分（ごふん）くらいかかります。
ga.kko.u.ma.de.wa./go.fu.n./ku.ra.i./ka.ka.ri.ma.su.
到學校約需5分鐘。

あとで - 之後

說明

「あとで」是名詞「あと」加上助詞「で」，表示「之後」的意思，發生前面的事情之後，才有後面的事情。

例句

授業（じゅぎょう）のあとで、先生（せんせい）に質問（しつもん）しました。
ju.gyo.u.no./a.to.de./se.n.se.i.ni./shi.tsu.mo.n.shi.ma.shi.ta.
上完課之後，向老師發問。

アニメを見（み）たあとで、お風呂（ふろ）に入（はい）ります。
a.ni.me.o./mi.ta./a.to.de./o.fu.ro.ni./ha.i.ri.ma.su.
看完動畫後，要去洗澡。

レストランで食事（しょくじ）をしたあとで、帰（かえ）りました。
re.su.to.ra.n.de./sho.ku.ji.o./shi.ta./a.to.de./ka.e.ri.ma.shi.ta.
在餐廳用完餐之後，就回去了。

まえに - 之前

說明

「まえに」是名詞「まえ」加上助詞「に」，用於表示兩件事的先後順序，「まえに」的意思是「在…之前」，所以通常都是用非過去的辭書形或是名詞加の。

例句

ごはんを食べる前に、手を洗いなさい。
go.ha.n.o./ta.be.ru./ma.e.ni./te.o./a.ra.i.na.sa.i.
吃飯前請洗手。

ながら - 同時進行

說明

「ながら」的用法就等同於中文裡的「一邊…一邊…」，而接續的方式是把動詞ます形語幹加上「ながら」。例如「飲みます」這個動詞，去掉後面的ます，只保留語幹部分，再加上「ながら」，即是「飲みながら」。

例句

彼は音楽を聴きながら本を読みます。
ka.re.wa./o.n.ga.ku.o./ki.ki.na.ga.ra./ho.n.o./yo.mi.ma.su.
他一邊聽音樂一邊讀書。

今朝はテレビを見ながら朝ごはんを食べました。
ke.sa.wa./te.re.bi.o./mi.na.ga.ra./a.sa.go.ha.n.o./ta.be.ma.shi.ta.
今早，一邊看電視一邊吃了早餐。

文法補給站

表示時間關係的句型

說明

在 N5 文法中，有許多用來表示時間關係的句型，以下透過例句比較用法的不同。

畫重點

【とき - 當…之時】

道を渡るときは、車に気をつけてください。

mi.chi.o./wa.ta.ru./to.ki.wa./ku.ru.ma.ni./ki.o.tsu.ke.te./ku.da.sa.i.

過馬路時要注意車輛。

【てから／て - 之後】

仕事をしてから、ドラマを見ました。

shi.go.to.o./shi.te./ka.ra./do.ra.ma.o./mi.ma.shi.ta.

工作之後，看了連續劇。

歯を磨いて、顔を洗います。

ha.o./mi.ga.i.te./ka.o.o./a.ra.i.ma.shi.ta.

刷牙之後洗臉。

【あとで - 之後】

仕事が終わったあとで、デパートに行きます。

shi.go.to.ga./o.wa.tta./a.to.de./de.pa.a.to.ni./i.ki.ma.su.

工作完成之後，去百貨公司。

【まえに - 之前】

寝るまえに、牛乳を飲みました。

ne.ru.ma.e.ni./gyu.u.nyu.u.o./no.mi.ma.shi.ta.

睡覺前喝了牛奶。

食事（しょくじ）のまえに、「いただきます」と言（い）います。
sho.ku.ji.no./ma.e.ni./i.ta.da.ki.ma.su.to./i.i.ma.su.
用餐前要說「我開動了」。

【ごろ / ごろに - 大概的時間】

何時（なんじ）ごろ着（つ）きますか。
na.n.ji.go.ro./tsu.ki.ma.su.ka.
大約幾點到呢？

2時（にじ）ごろに着（つ）きます。
ni.ji.go.ro.ni./tsu.ki.ma.su.
2點左右到。(「に」表示動作時間點)

社長（しゃちょう）は5時（ごじ）ごろに帰（かえ）りました。
sha.cho.u.wa./go.ji.go.ro.ni./ka.e.ri.ma.shi.ta.
社長大約5點左右回去了。(「に」表示動作時間點)

いつごろから痛（いた）いですか。
i.tsu.go.ro./ka.ra./i.ta.i.de.su.ka.
大概從什麼時候開始痛呢？

【に - 時間點】

7時（しちじ）に起（お）きます。
shi.chi.ji.ni./o.ki.ma.su.
7點起床。

金曜日（きんようび）に授業（じゅぎょう）があります。
ki.n.yo.u.bi.ni./ju.gyo.u.ga./a.ri.ma.su.
星期五有課。

【すぎ - 超過 (接尾詞)】

今は、3時すぎです。
i.ma.wa./sa.n.ji.su.gi.de.su.
現在 3 點多。

【時間 + 前 - 之前】

きのうは 9 時前に出かけました。
ki.no.u.wa./ku.ji.ma.e.ni./de.ka.ke.ma.shi.ta.
昨天 9 點之前就出門了。

【ちゅう - 動作進行中】

今、店は営業中です。
i.ma./mi.se.wa./e.i.gyo.u.chu.u.de.su.
商店現在營業中。

【もう - 已經】

もう会議が始まりましたか。
mo.u./ka.i.gi.ga./ha.ji.ma.ri.ma.shi.ta.ka.
會議已經開始了嗎？

【まだ - 尚未 / 還有】

時間はまだあります。
ji.ka.n.wa./ma.da./a.ri.ma.su.
還有時間。

【ながら - 同時進行】

歌を歌いながら料理をします。
u.ta.o./u.ta.i.na.ga.ra./ryo.u.ri.o./shi.ma.su.
一邊唱歌，一邊做菜。

保證得分！日檢 言語知識 N5 文法・文字・語彙

動詞分類篇

動詞分類概說

說明

接下來要進入學習日語的另一階段 - 動詞變化。為了方便學習動詞的各種變化方法，我們必需要先熟記日語動詞的分類。日後學習的各種動詞變化方法，都是依照該動詞所屬的分類進行變化。因此熟記動詞所屬的分類，即是十分重要的一環。若是可以學習好動詞的分類和變化方法，對於看懂文章或是進行會話，都會更加順利。

日語中的動詞，可以分成三類，分別為 I 類動詞 (1 類動詞)、II 類動詞 (2 類動詞) 和 III 類動詞 (3 類動詞)。這種分法是針對學習日語的外國人而分類的。另外還有一套屬於日本國內教育或是字典上的分類法 (五段動詞變化) 。為了學習的方便，在本書中是以較簡易的前者為教學內容。無論是學習哪一種動詞分類方法，都能夠完整學習到日語動詞變化，所以不用擔心會有遺漏。

而 I、II、III 類動詞的分法，則是依照動詞ます形的語幹來區別。所謂的語幹就是指ます之前的文字，比如說：「あります」的語幹，就是「あり」。

因此，在做動詞的分類時，先以動詞的敬語基本形 - ます形為基準，初學者學習日語動詞時，ます形不但可以方便做動詞分類，也可以一開始就學習有禮貌的日語說法。

畫重點

動詞依變化方式分為三種：**I 類動詞 (1 類動詞)、II 類動詞 (2 類動詞)、III 類動詞 (3 類動詞)**

如何分辨 I、II 類動詞：**用ます形語幹最後一個字判斷**

什麼是ます形語幹：**ます之前的部分**

I類動詞

說明

在日文五十音中，帶有「i」音的稱為「い段」，也就是「い、き、し、ち、に、ひ、み、り」等音。要判斷I類動詞，只要看動詞ます形的語幹部分（在ます之前的字）最後一個音是「い段」的音，多半就屬於I類動詞。（可以利用本書最前面的50音表查詢哪些是い段音。）

以「行きます」這個字為例：

行(い)きます

語幹「行(い)き」最後一個音是「き」，是屬於「い段音」。

畫重點

語幹最後一個音是「い段」的音，通常屬於I類動詞。

い段音：

い、き、し、ち、に、ひ、み、り、ぎ、じ、ぢ、び、ぴ

I類動詞表

語幹為「い」結尾		
買	買(か)います	ka.i.ma.su.
使用	使(つか)います	tsu.ka.i.ma.su.
付（錢）	払(はら)います	ha.ra.i.ma.su.
洗	洗(あら)います	a.ra.i.ma.su.
唱歌	歌(うた)います	u.ta.i.ma.su.
會見／碰面	会(あ)います	a.i.ma.su.
吸	吸(す)います	su.i.ma.su.
說	言(い)います	i.i.ma.su.

想	思(おも)います	o.mo.i.ma.su.
學習	習(なら)います	na.ra.i.ma.su.
不同	違(ちが)います	chi.ga.i.ma.su.

語幹為「き」結尾

去	行(い)きます	i.ki.ma.su.
寫	書(か)きます	ka.ki.ma.su.
聽 / 問	聞(き)きます	ki.ki.ma.su.
哭	泣(な)きます	na.ki.ma.su.
鳴叫	鳴(な)きます	na.ki.ma.su.
工作	働(はたら)きます	ha.ta.ra.ki.ma.su.
走路	歩(ある)きます	a.ru.ki.ma.su.
放置	置(お)きます	o.ki.ma.su.
穿 (下半身衣物)	はきます	ha.ki.ma.su.
拉	引(ひ)きます	hi.ki.ma.su.
演奏	弾(ひ)きます	hi.ki.ma.su.
擦拭	拭(ふ)きます	fu.ki.ma.su.
舉辦 / 經營 / 開	開(ひら)きます	hi.ra.ki.ma.su.
綻開	咲(さ)きます	sa.ki.ma.su.
到達	着(つ)きます	tsu.ki.ma.su.

語幹為「ぎ」結尾		
游泳	泳（およ）ぎます	o.yo.gi.ma.su.
脫	脱（ぬ）ぎます	nu.gi.ma.su.

語幹為「し」結尾		
說話	話（はな）します	ha.na.shi.ma.su.
消除／關掉	消（け）します	ke.shi.ma.su.
借出	貸（か）します	ka.shi.ma.su.
返還	返（かえ）します	ka.e.shi.ma.su.
按壓／推	押（お）します	o.shi.ma.su.
指著／指出	指（さ）します	sa.shi.ma.su.
交出／拿出	出（だ）します	da.shi.ma.su.
交付	渡（わた）します	wa.ta.shi.ma.su.

語幹為「ち」結尾		
等待	待（ま）ちます	ma.chi.ma.su.
拿著／持有	持（も）ちます	mo.chi.ma.su.
站立	立（た）ちます	ta.chi.ma.su.

語幹為「に」結尾		
死亡	死（し）にます	shi.ni.ma.su.

語幹為「び」結尾		
遊玩	遊(あそ)びます	a.so.bi.ma.su.
呼叫 / 稱呼	呼(よ)びます	yo.bi.ma.su.
飛	飛(と)びます	to.bi.ma.su.
排隊	並(なら)びます	na.ra.bi.ma.su.

語幹為「み」結尾		
拜託	頼(たの)みます	ta.no.mi.ma.su.
喝	飲(の)みます	no.mi.ma.su.
讀	読(よ)みます	yo.mi.ma.su.
休息	休(やす)みます	ya.su.mi.ma.su.
居住	住(す)みます	su.mi.ma.su.

語幹為「り」結尾		
製作	作(つく)ります	tsu.ku.ri.ma.su.
送	送(おく)ります	o.ku.ri.ma.su.
賣	売(う)ります	u.ri.ma.su.
坐下	座(すわ)ります	su.wa.ri.ma.su.
乘坐	乗(の)ります	no.ri.ma.su.
渡 / 橫越	渡(わた)ります	wa.ta.ri.ma.su.

回去	帰(かえ)ります	ka.e.ri.ma.su.
進去	入(はい)ります	ha.i.ri.ma.su.
切 / 去除	切(き)ります	ki.ri.ma.su.
知道	知(し)ります	shi.ri.ma.su.
拿	取(と)ります	to.ri.ma.su.
拍攝	撮(と)ります	to.ri.ma.su.
張貼	はります	ha.ri.ma.su.
做	やります	ya.ri.ma.su.
有	あります	a.ri.ma.su.
需要	要(い)ります	i.ri.ma.su.
結束	終(お)わります	o.wa.ri.ma.su.
耗費	かかります	ka.ka.ri.ma.su.
陰天 / 天色昏暗	くもります	ku.mo.ri.ma.su.
困擾	困(こま)ります	ko.ma.ri.ma.su.
關上	閉(し)まります	shi.ma.ri.ma.su.
停止	止(と)まります	to.ma.ri.ma.su.
成為	なります	na.ri.ma.su.
攀登	登(のぼ)ります	no.bo.ri.ma.su.
開始	始(はじ)まります	ha.ji.ma.ri.ma.su.
跑	走(はし)ります	ha.shi.ri.ma.su.

下（雨／雪）	降(ふ)ります	fu.ri.ma.su.
轉彎	曲(ま)がります	ma.ga.ri.ma.su.
知道／明白	わかります	wa.ka.ri.ma.su.

II 類動詞

說明

在五十音中，發音中帶有「e」的音，稱為「え段」音。動詞ます形的語幹，最後一個字的發音為え段音的，則是屬於 II 類動詞。

例如：「食(た)べます」的語幹「食(た)べ」最後的一個字「べ」是屬於え段音，因此「食(た)べます」就屬於 II 類動詞。

畫重點

語幹最後一個字是え段音 → II 類動詞

え段音：え、け、せ、て、ね、へ、め、れ、げ、ぜ、で、べ、ぺ

註：在 II 類動詞中，有部分的語幹是「い段音」結尾，卻仍歸於 II 類動詞中，這些就屬於例外的 II 類動詞。

II 類動詞表

語幹為「え」結尾

教導／告訴	教(おし)えます	o.shi.e.masu.
記住	覚(おぼ)えます	o.bo.e.ma.su.
思考／考慮	考(かんが)えます	ka.n.ga.e.ma.su.
改變	変(か)えます	ka.e.ma.su.
消失	消(き)えます	ki.e.ma.su.

回答	答(こた)えます	ko.ta.e.ma.su.

語幹為「け」結尾

打開	開(あ)けます	a.ke.ma.su.
安裝	付(つ)けます	tsu.ke.ma.su.
掛	掛(か)けます	ka.ke.ma.su.
外出	出(で)かけます	de.ka.ke.ma.su.

語幹為「げ」結尾

上升 / 提升	上(あ)げます	a.ge.ma.su.

語幹為「め」結尾

關上	閉(し)めます	shi.me.ma.su.
開始	始(はじ)めます	ha.ji.me.ma.su.
工作 / 任職	つとめます	tsu.to.me.ma.su.

語幹為「れ」結尾

忘記	忘(わす)れます	wa.su.re.ma.su.
流	流(なが)れます	na.ga.re.ma.su.
放入	入(い)れます	i.re.ma.su.
誕生	生(う)まれます	u.ma.re.ma.su.

疲勞	疲(つか)れます	tsu.ka.re.ma.su.
放晴	晴(は)れます	ha.re.ma.su.

語幹為「べ」結尾

吃	食(た)べます	ta.be.ma.su.
調查	調(しら)べます	shi.ra.be.ma.su.
排列	並(なら)べます	na.ra.be.ma.su.

語幹為「て」結尾

丟棄	捨(す)てます	su.te.ma.su.

語幹為「で」結尾

出來	出(で)ます	de.ma.su.

語幹為「せ」結尾

出示	見(み)せます	mi.se.ma.su.
告知	知(し)らせます	shi.ra.se.ma.su.

語幹為「ね」結尾

睡	寝(ね)ます	ne.ma.su.

例外的 II 類動詞（語幹為い段音卻屬於 II 類）		
在	います	i.ma.su.
穿	着(き)ます	ki.ma.su.
膩 / 厭煩	飽(あ)きます	a.ki.ma.su.
起床 / 起來	起(お)きます	o.ki.ma.su.
生存	生(い)きます	i.ki.ma.su.
超過 / 太過	過(す)ぎます	su.gi.ma.su.
相信	信(しん)じます	shi.n.ji.ma.su.
感覺	感(かん)じます	ka.n.ji.ma.su.
掉落	落(お)ちます	o.chi.ma.su.
相似	似(に)ます	ni.ma.su.
煮	煮(に)ます	ni.ma.su.
看見	見(み)ます	mi.ma.su.
下車	降(お)ります	o.ri.ma.su.
借入	借(か)ります	ka.ri.ma.su.
足夠	足(た)ります	ta.ri.ma.su.
辦得到	できます	de.ki.ma.su.
延伸 / 伸展	伸(の)びます	no.bi.ma.su.
淋 / 沐浴	浴(あ)びます	a.bi.ma.su.

MP3 074

III 類動詞

說明

III 類動詞只有兩個，分別是「来(き)ます」和「します」。由於這兩個動詞的變化方法較為特別，因此另外列出來為 III 類動詞。

其中「「します」是「做」的意思，前面可以加上動作性名詞，變成一個完整的動作。比如說「結婚」原本是名詞，加上了「します」，就帶有結婚的動詞意義。像這樣以「します」結尾的動詞，也都是屬於 III 類動詞。

III 類動詞表

來	来(き)ます	ki.ma.su.
做	します	shi.ma.su.

名詞＋します

念書 / 學習	勉強(べんきょう)します	be.n.kyo.u.shi.ma.su.
旅行	旅行(りょこう)します	ryo.ko.u.shi.ma.su.
研究	研究(けんきゅう)します	ke.n.kyu.u.shi.ma.su.
打掃	掃除(そうじ)します	so.u.ji.shi.ma.su.
洗衣	洗濯(せんたく)します	se.n.ta.ku.shi.ma.su.
發問	質問(しつもん)します	shi.tsu.mo.n.shi.ma.su.
說明	説明(せつめい)します	se.tsu.me.i.shi.ma.su.
介紹	紹介(しょうかい)します	sho.u.ka.i.shi.ma.su.
擔心	心配(しんぱい)します	shi.n.pa.i.shi.ma.su.
結婚	結婚(けっこん)します	ke.kko.n.shi.ma.su.

準備	準備します	ju.n.bi.shi.ma.su.
散步	散歩します	sa.n.po.shi.ma.su.
練習	練習します	re.n.shu.u.shi.ma.su.
影印 / 複製	コピーします	ko.pi.i.shi.ma.su.
加班	残業します	za.n.gyo.u.shi.ma.su.

文法放大鏡

	I 類動詞	II 類動詞	III 類動詞
定義	語幹的最後一個字屬於「い段音」	語幹的最後一個字屬於「え段音」	来ます します
語幹最後一個字為	い、き、し、ち、に、ひ、み、り、ぎ、じ、ぢ、び、ぴ	え、け、せ、て、ね、へ、め、れ、げ、ぜ、で、べ、ぺ	X
例詞	買います 書きます 泳ぎます 話します 待ちます 死にます 遊びます 飲みます 作ります	掛けます 忘れます 食べます 捨てます 出ます 見せます 寝ます います（例外） 着ます（例外）	来ます します 散歩します

保證得分！日檢 言語知識 N5 文法・文字・語彙

動詞進階篇

四種主要的動詞變化

說明

前面學習了 I、II、III 類動詞，是為了進行動詞變化（日文稱動詞變化為「活用」）。

日語的動詞變化主要有四個形式：「ます形」、「辭書形」、「ない形」、「て形」。前面已經學習過「ます形」，接下來則是要學習其他三種變化，另外還有和「て形」變化方式相同的「た形」。先熟悉動詞形式變化，才能更快應用句型並且進一步使用常體。

畫重點

動詞的四個主要形式及例詞

	ます形	辭書形	ない形	て形
I 類動詞	書きます	書く	書かない	書いて
	泳ぎます	泳ぐ	泳がない	泳いで
	読みます	読む	読まない	読んで
	遊びます	遊ぶ	遊ばない	遊んで
	死にます	死ぬ	死なない	死んで
	言います	言う	言わない	言って
	持ちます	持つ	持たない	持って
	売ります	売る	売らない	売って
	貸します	貸す	貸さない	貸して
II 類動詞	開けます	開ける	開けない	開けて
	起きます	起きる	起きない	起きて
III 類動詞	来ます	来る	来ない	来て
	します	する	しない	して

MP3
076

認識動詞て形

說 明

動詞て形多用在接續，當句子中有多個動詞時，可以用て形來表達動作的先後順序；除此之外て形也常見於許多句型。接下來的章節先介紹各種類詞的て形變化之後，再介紹て形的各種應用句型。

例 詞

動詞ます形與て形變化

	ます形語幹字尾	ます形	て形
I 類動詞	い	言(い)います	言(い)って
	ち	持(も)ちます	持(も)って
	り	売(う)ります	売(う)って
	き	聞(き)きます	聞(き)いて
	ぎ	泳(およ)ぎます	泳(およ)いで
	み	読(よ)みます	読(よ)んで
	び	遊(あそ)びます	遊(あそ)んで
	に	死(し)にます	死(し)んで
	し	貸(か)します	貸(か)して
II 類動詞	え段音	食(た)べます	食(た)べて
	非え段音例外	起(お)きます	起(お)きて
III 類動詞		来(き)ます	来(き)て
		します	して

て形 -I 類動詞

說明

I 類動詞的て形變化可依照動詞ます形的語幹最後一個字，分為下列幾種：

ます形語幹最後一個字為い、ち、り→って
ます形語幹最後一個字為き、ぎ→いて、いで
ます形語幹最後一個字為み、び、に→んで
ます形語幹最後一個字為し→して

畫重點

I 類動詞的て形變化

I 類動詞	ます形	て形	變化方式
ます形語幹最後一個字為い、ち、り	買（か）います	買（か）って	います→って
	待（ま）ちます	待（ま）って	ちます→って
	作（つく）ります	作（つく）って	ります→って
ます形語幹最後一個字為き、ぎ	書（か）きます	書（か）いて	きます→いて
	泳（およ）ぎます	泳（およ）いで	ぎます→いで
ます形語幹最後一個字為み、び、に	休（やす）みます	休（やす）んで	みます→んで
	呼（よ）びます	呼（よ）んで	びます→んで
	死（し）にます	死（し）んで	にます→んで
ます形語幹最後一個字為し	消（け）します	消（け）して	します→して

例詞

I類動詞的て形變化
ます形語幹最後一個字為い、ち、り→って

中文	ます形	て形
買	買(か)います	買(か)って
付(錢)	払(はら)います	払(はら)って
唱歌	歌(うた)います	歌(うた)って
製作	作(つく)ります	作(つく)って
送	送(おく)ります	送(おく)って
賣	売(う)ります	売(う)って
等待	待(ま)ちます	待(ま)って
拿	持(も)ちます	持(も)って
站	立(た)ちます	立(た)って
去	行(い)きます	行(い)って（特殊變化）

I類動詞的て形變化
ます形語幹最後一個字為き、ぎ→いて、いで

中文	ます形	て形
寫	書(か)きます	書(か)いて
聽	聞(き)きます	聞(き)いて
哭	泣(な)きます	泣(な)いて

走路	歩（ある）きます	歩（ある）いて
工作	働（はたら）きます	働（はたら）いて
游泳	泳（およ）ぎます	泳（およ）いで
脫	脱（ぬ）ぎます	脱（ぬ）いで

I類動詞的て形變化
ます形語幹最後一個字為み、び、に→んで

中文	ます形	て形
喝	飲（の）みます	飲（の）んで
閱讀／讀	読（よ）みます	読（よ）んで
住	住（す）みます	住（す）んで
休息	休（やす）みます	休（やす）んで
飛翔	飛（と）びます	飛（と）んで
呼喚／稱呼	呼（よ）びます	呼（よ）んで
遊玩	遊（あそ）びます	遊（あそ）んで
死亡	死（し）にます	死（し）んで

I類動詞的て形變化
ます形語幹最後一個字為し→して

中文	ます形	て形
說話	話（はな）します	話（はな）して
消除	消（け）します	消（け）して

MP3 078

借出	貸(か)します	貸(か)して
返還	返(かえ)します	返(かえ)して

て形 -II 類動詞

說明

II 類動詞要變化成て形，只需要把動詞ます形的語幹後面加上「て」即完成變化。

食(た)べます→食(た)べ~~ます~~→食(た)べ<u>て</u>

畫重點

II 類動詞的て形變化

II 類動詞	ます形	て形	變化方式
え段音	食(た)べます	食(た)べて	ます→て
非え段音之例外	起(お)きます	起(お)きて	

例詞

II 類動詞的て形變化
ます形的「ます」→て

中文	ます形	て形
教	教(おし)えます	教(おし)えて
掛 / 披	掛(か)けます	掛(か)けて
出示	見(み)せます	見(み)せて
丟棄	捨(す)てます	捨(す)てて

開始	始(はじ)めます	始(はじ)めて
睡覺	寝(ね)ます	寝(ね)て
出席	出(で)ます	出(で)て
存在	います	いて
穿	着(き)ます	着(き)て
膩 / 厭煩	飽(あ)きます	飽(あ)きて
起身 / 起床	起(お)きます	起(お)きて
存活 / 生活	生(い)きます	生(い)きて
超過 / 過多	過(す)ぎます	過(す)ぎて
相似	似(に)ます	似(に)て
看	見(み)ます	見(み)て
下 (交通工具)	降(お)ります	降(お)りて
辦得到	できます	できて
淋 / 沐浴	浴(あ)びます	浴(あ)びて
借入	借(か)ります	借(か)りて

文法放大鏡

下雨「雨(あめ)が降(ふ)ります」和下車「車(くるま)を降(お)ります」動詞的漢字都是「降ります」，卻是兩個完全不同的單字。降雨、降雪的「降(ふ)ります」屬於Ⅰ類動詞，て形是「降(ふ)って」。下車的「降(お)ります」是Ⅱ類動詞，て形是「降(お)りて」。

MP3 079

て形 -III 類動詞

說明

III 類動詞的て形變化的方法如下：

来(き)ます→来(き)て

します→して

勉強(べんきょう)します→勉強(べんきょう)して

畫重點

III 類動詞的て形變化

ます形	て形	變化方式
来(き)ます	来(き)て	ます→て
します	して	
勉強(べんきょう)します	勉強(べんきょう)して	

例詞

III 類動詞的て形變化
ます形的ます→て

中文	ます形	て形
來	来(き)ます	来(き)て
做	します	して
學習 / 讀書	勉強(べんきょう)します	勉強(べんきょう)して
洗衣	洗濯(せんたく)します	洗濯(せんたく)して
發問	質問(しつもん)します	質問(しつもん)して

て形的應用句型－動作先後順序 (1)

手(て)を上(あ)げて、質問(しつもん)します。
te.o.a.ge.te./shi.tsu.mo.n.shi.ma.su.
舉手後發問。

說明

表示動作先後的句型是：
Ｖ１て＋Ｖ２ます
在上述的句型中，Ｖ１是表示先進行的動作，完成了Ｖ１之後，才進行Ｖ２這個動作。若是有三個以上的動作，則依照順序，把先進行的動詞都變成て形，最後一個動詞表示時態即可，例如：
ご飯(はん)を食(た)べて、歯(は)を磨(みが)いて、シャワーを浴(あ)びて、着替(きか)えて、それから寝(ね)ます。
（吃完飯、刷牙、洗澡、換衣服，然後去睡覺）

畫重點

Ｖ１て＋Ｖ２ます
（Ｖ１て：先進行的動作て形／Ｖ２：隨後進行的動作）

例句

ご飯(はん)を食(た)べて、お皿(さら)を洗(あら)いました。
go.ha.n.o./ta.be.te./o.sa.ra.o./a.ra.i.ma.shi.ta.
吃完飯後，洗碗。

手(て)を洗(あら)って、ケーキを食(た)べました。
te.o.a.ra.tte./ke.e.ki.o./ta.be.ma.shi.ta.
洗完手後，吃蛋糕。

バスに乗(の)って、会社(かいしゃ)へ行(い)きます。
ba.su.ni.no.tte./ka.i.sha.e./i.ki.ma.su.
坐上公車，前往公司。

て形的應用句型 - 動作先後順序 (2)

電話をかけてから、出かけます。

de.n.wa.o./ka.ke.te.ka.ra./de.ka.ke.ma.su.

打完電話後，就出門。

說明

「～てから」是表示動作的完成，後面再進行另一個動作。

畫重點

Ｖ１てから＋Ｖ２ます

（Ｖ１て：動詞て形／Ｖ２：接下去的動作）

例句

本を読んでから、作ります。

ho.n.o./yo.n.de.ka.ra./tsu.ku.ri.ma.su.

讀完書後就開始做。

仕事が終わってから、晩ご飯を食べます。

shi.go.to.ga./o.wa.tte.ka.ra./ba.n.go.ha.n.o./ta.be.ma.su.

工作完成後就吃晚餐。

電気を消してから、出かけます。

de.n.ki.o./ke.shi.te.ka.ra./de.ka.ke.ma.su.

關掉電燈後就出門。

授業が終わってから、食事をしました。

ju.gyo.u.ga./o.wa.tte.ka.ra./sho.ku.ji.o./shi.ma.shi.ta.

上完課之後，去吃了飯。

文法補給站

「てから」和「ながら」

說明

「てから」用表示兩個動作的先後順序，如果是兩個以上的動作同時進行時，就用「ながら」。關於「ながら」的句型可以參考第150頁。

例句

話(はな)してから仕事(しごと)します。
ha.na.shi.te.ka.ra./shi.go.to.shi.ma.su.
說完話後開始工作。

話(はな)しながら仕事(しごと)します。
ha.na.shi.na.ga.ra./ shi.go.to.shi.ma.su.
一邊說話一邊工作。

資料(しりょう)を見(み)てから書(か)きました。
shi.ryo.u.o./mi.te.ka.ra./ka.ki.ma.shi.ta.
看完資料後寫下來。

資料(しりょう)を見(み)ながら書(か)きました。
shi.ryo.u.o./mi.na.ga.ra./ka.ki.ma.shi.ta.
一邊看資料一邊寫下來了。

聞(き)いてからメモしてください。
ki.i.te.ka.ra./me.mo.shi.te./ku.da.sa.i.
請聽完之後再筆記。

メモしながら聞(き)いてください。
me.mo.shi.na.ga.ra./ki.i.te./ku.da.sa.i.
請邊筆記邊聽。

MP3 081

て形的應用句型 - 狀態的持續

学生は先生と話しています。

ga.ku.se.i.wa./se.n.se.i.to./ha.na.shi.te./i.ma.su.

學生正在和老師講話。

說明

「～ています」是表示動作持續或是正在進行中的狀態。

畫重點

Vて＋います

（Vて：動詞て形）

例句

木村さんは結婚しています。

ki.mu.ra.sa.n.wa./ke.kko.n.shi.te./i.ma.su.

木村先生（小姐）已婚。（表示婚姻狀態持續中）

赤ちゃんは寝ています。

a.ka.cha.n.wa./ne.te.i.ma.su.

小寶寶正在睡覺。

彼女は友達を待っています。

ka.no.jo.wa./to.mo.da.chi.o./ma.tte./i.ma.su.

她正在等朋友。

今は本を読んでいます。

i.ma.wa./ho.n.o./yo.n.de./i.ma.su.

現在正在讀書。

朝からずっと働いています。

a.sa.ka.ra./zu.tto./ha.ta.ra.i.te./i.ma.su.

從早上就一直在工作。

文法補給站

て形 + います / あります

說明

「～ています」表示動作的持續的結果或狀態，要使用自動詞。如果是他動詞，就用「～てあります」來表示動作的結果還存在的狀態。

畫重點

自動詞て形 + います
他動詞て形 + あります

例句

ドアが開いています。
do.a.ga./a.i.te./i.ma.su.
門開著。（自動詞，打開的狀態）

ドアが開けてあります。
do.a.ga./a.ke.te./a.ri.ma.su.
門被開著。（他動詞，被開著的狀態）

エアコンが付いています。
e.a.ko.n.ga./tsu.i.te./i.ma.su.
冷氣開著。（自動詞，開著的狀態）

窓が閉めてあります。
ma.do.ga./shi.me.te./a.ri.ma.su.
窗戶被關著。（他動詞，被關上的狀態）

人が並んでいます。
hi.to.ga./na.ra.n.de./i.ma.su.
人排著隊。（自動詞，排隊的狀態）

壁に絵が描いてあります。
ka.be.ni./e.ga./ka.i.te./a.ri.ma.su.
牆上畫著繪畫。（他動詞，繪畫被畫在牆上的狀態）

MP3 082

て形的應用句型 - 要求

ドアを開(あ)けてください。

do.a.o./a.ke.te./ku.da.sa.i.

請打開門。

說明

「～てください」是表示請求、要求的意思。「ください」是請求的意思，如果要求的是物品，就用「名詞をください」；如果要求的是對方做某個動作，就用「動詞て形＋ください」。

畫重點

Vて＋ください

（Vて：動詞て形）

例句

ここに記入(きにゅう)してください。

ko.ko.ni./ki.nyu.u.shi.te./ku.da.sa.i.

請在這裡填入。

教(おし)えてください。

o.shi.e.te./ku.da.sa.i.

請教我。

わたしの話(はなし)を聞(き)いてください。

wa.ta.shi.no./ha.na.shi.o./ki.i.te./ku.da.sa.i.

請聽我說。

早(はや)く寝(ね)てください。

ha.ya.ku./ne.te./ku.da.sa.i.

請早點睡。

て形的應用句型 - 禁止

休(やす)んではいけません。
ya.su.n.de.wa./i.ke.ma.se.n.
不能休息。

說明

「てはいけません」是強烈禁止的意思。「いけます」是可以的意思，「いけません」是不行，「て」形＋「は」則是表示強調。

畫重點

「～てはいけません」表示強烈禁止，不能做某個動作。
Vて＋はいけません
（Vて：動詞て形）

例句

漫画(まんが)を読(よ)んではいけません。
ma.n.ga.o./yo.n.de.wa./i.ke.ma.se.n.
不可以看漫畫。

お酒(さけ)を飲(の)んではいけません。
o.sa.ke.o./no.n.de.wa./i.ke.ma.se.n.
不可以喝酒。

パソコンを使(つか)ってはいけません。
pa.so.ko.n.o./tsu.ka.tte.wa./i.ke.ma.se.n.
不可以用電腦。

アイスを食(た)べてはいけません。
a.i.su.o./ta.be.te.wa./i.ke.ma.se.n.
不可以吃冰。

MP3
083

て形的應用句型 - 徵求同意

写真(しゃしん)を撮(と)ってもいいですか。

sha.shi.n.o./to.tte.mo./i.i.de.su.ka.

可以拍照嗎？

說明

「いいですか」是「可以嗎」的意思，前面加上「動詞ても」成為「～てもいいですか」就是問「可不可以～」。如果可以的話就回答「～ていいです」，不行的話就是「～てはいけません」。

畫重點

徵求同意：

Vて＋もいいですか

（Vて：動詞て形）

文法放大鏡

關於「～てもいいですか」的回答方式，有下列幾種：

委婉建議：「～ないほうがいいです」（參考第 191 頁）

強烈禁止：「～てはいけません」（參考第 182 頁）

表示同意：「～ていいです」

表示不需要：「～なくてもいいです」（參考第 192 頁）

例句

ここに座(すわ)ってもいいですか。

ko.ko.ni./su.wa.tte.mo./i.i.de.su.ka.

可以坐在這裡嗎？

暑(あつ)いですからエアコンをつけてもいいですか。

a.tsu.i.de.su.ka.ra./e.a.ko.n.o./tsu.ke.te.mo./i.i.de.su.ka.

因為很熱，可以開冷氣嗎？

認識動詞ない形

說明

　　ない形是用在否定的情況；「ない」可以當作是い形容詞，所以在文法變化上和い形容詞方式相同。比方說「ない」的過去式，只要把「ない」變成「なかった」即可。以下章節會介紹動詞的「ない形」變化，還有相關的應用句型。另外在常體中，常體非過去否定的形式就是用「ない形」，詳情可參照第 193 頁及第 211 頁。

畫重點

動詞ます形與ない形對照（以「食べます」為例）

	ます形（敬體）	ない形（常體）
非過去否定	食(た)べません	食(た)べない
過去否定	食(た)べませんでした	食(た)べなかった

動詞ます形與ない形變化

	ます形	ない形	變化方式
I 類動詞	話(はな)します	話(はな)さない	語幹字尾「い段音」→「あ段音」
	買(か)います	買(か)わない	語幹字尾「い→わ」
II 類動詞	食(た)べます	食(た)べない	ます→ない
III 類動詞	来(き)ます	来(こ)ない（請注意發音的變化）	ます→ない
	します	しない	
	質問(しつもん)します	質問(しつもん)しない	

ない形 -I 類動詞

說明

　　I 類動詞的ない形，是將ます形語幹的最後一個音，從同一行的「い段音」變成「あ段音」，然後再加上「ない」。即完成ない形的變化。其中需要注意的是，語幹結尾若是「い」則要變成「わ」。

書(か)きます

→書(か)き~~ます~~（刪去ます）

→「い段音」的變成「あ段音」。き→か；即 ki → ka

→書(か)かない （加上「ない」）

畫重點

ます形語幹的最後一個音「い段音」→「あ段音」＋「ない」

例詞

I 類動詞的ます形→ない形變化

I 類動詞	ます形	ない形	變化方式
寫	書(か)きます	書(か)かない	(ki → ka)
游泳	泳(およ)ぎます	泳(およ)がない	(gi → ga)
說話	話(はな)します	話(はな)さない	(shi → sa)
站立	立(た)ちます	立(た)たない	(chi → ta)
呼喚	呼(よ)びます	呼(よ)ばない	(bi → ba)
居	住(す)みます	住(す)まない	(mi → ma)
搭乘	乗(の)ります	乗(の)らない	(ri → ra)
使用	使(つか)います	使(つか)わない	(i → wa)(特殊變化)

ない形 -II 類動詞

說明

II 類動詞的ない形，只要把ます形語幹的部分加上表示否定的「ない」，即完成變化。

食べます
→食べ~~ます~~（刪去ます）
→食べない（加上「ない」）

畫重點

ない形 -II 類動詞
將「ます」形的ます改成「ない」

例詞

II 類動詞的ます形→ない形變化

II 類動詞	ます形	ない形
教	教えます	教えない
掛	掛けます	掛けない
出示	見せます	見せない
丟棄	捨てます	捨てない
開始	始めます	始めない
睡覺	寝ます	寝ない
出席	出ます	出ない
存在	います	いない
穿	着ます	着ない

MP3
085

厭煩	飽(あ)きます	飽(あ)きない
起床 / 起身	起(お)きます	起(お)きない
生存	生(い)きます	生(い)きない
超過	過(す)ぎます	過(す)ぎない
相似	似(に)ます	似(に)ない
看	見(み)ます	見(み)ない
下 (交通工具)	降(お)ります	降(お)りない
辦得到	できます	できない

ない形 -III 類動詞

畫重點

III 類動詞的ない形為特殊的變化方式：

来(き)ます→来(こ)ない（請注意發音的變化）

します→しない

例詞

III 類動詞的ます形→ない形變化

III 類動詞	ます形	ない形
來	来(き)ます	来(こ)ない（注意發音變化）
做	します	しない
介紹	紹介(しょうかい)します	紹介(しょうかい)しない
擔心	心配(しんぱい)します	心配(しんぱい)しない

ない形的應用句型 - 表示禁止

写真（しゃしん）を撮（と）らないでください。

sha.shi.n.o./to.ra.na.i.de./ku.da.sa.i.

請不要拍照。

說明

「～ないでください」是委婉的禁止，請求不要做某件事情。

畫重點

Vないでください

（Vない：動詞常體ない形）

文法放大鏡

「ください」是請求的意思，前面加上名詞就是「請給我～」；而要請求對方做某件事，則是用「て形＋ください」；請求對方別做某件事，則是用「ないで＋ください」。

請對方給物品：名詞（を）＋ください

請求對方做事：Vて＋ください（參考第 181 頁）

禁止對方做事：Vないで＋ください

例句

タバコを吸（す）わないでください。

ta.ba.ko.o./su.wa.na.i.de./ku.da.sa.i.

請不要吸菸。

寒（さむ）いので、ドアを開（あ）けないでください。

sa.mu.i.no.de./do.a.o./a.ke.na.i.de./ku.da.sa.i.

因為很冷，請不要開門。（ので：因為）

今日（きょう）は出（で）かけないでください。

kyo.u.wa./de.ka.ke.na.i.de./ku.da.sa.i.

今天請不要出門。

MP3 086

文法補給站

表示禁止的句型-「～てはいけません」和「～ないでください」

說明

「～てはいけません」和「ないでください」都是表示禁止。「～てはいけません」是較強烈的阻止，可參考第 182 頁；「～ないでください」則是「請勿」的意思，較委婉。

例句

図書館(としょかん)の本(ほん)にメモしてはいけません。

to.sho.ka.n.no.ho.n.ni./me.mo.shi.te.wa./i.ke.ma.se.n.

圖書館的書上不可以做筆記。

図書館(としょかん)の本(ほん)にメモしないでください。

to.sho.ka.n.no.ho.n.ni./me.mo.shi.na.i.de./ku.da.sa.i.

請不要在圖書館的書上做筆記。

授業中(じゅぎょうちゅう)に、スマホを使(つか)ってはいけません。

ju.gyo.u.chu.u.ni./su.ma.ho.o./tsu.ka.tte.wa./i.ke.ma.se.n.

上課時不可以用手機。(スマホ：智慧型手機)

授業中(じゅぎょうちゅう)に、スマホを使(つか)わないでください。

ju.gyo.u.chu.u.ni./su.ma.ho.o./tsu.ka.wa.na.i.de./ku.da.sa.i.

上課時請不要用手機。

ここに車(くるま)を止(と)めてはいけません。

ko.ko.ni./ku.ru.ma.o./to.me.te.wa./i.ke.ma.se.n.

這裡不能停車。

ここに車(くるま)を止(と)めないでください。

ko.ko.ni./ku.ru.ma.o./to.me.na.i.de./ku.da.sa.i.

請不要在這裡停車。

ない形的應用句型 - 表示義務

お金(かね)を払(はら)わなければなりません。

o.ka.ne.o./ha.ra.wa.na.ke.re.ba./na.ri.ma.se.n.

不能不付錢。 / 一定要付錢。

說明

「～なければなりません」是表示一定要做某件事情，帶有義務、強制、禁止的意味。變化方式是將否定形的「ない」改成「なければ」。

畫重點

Vなければ＋なりません

（將「Vない」變成「Vなければ」）

例句

レポートを出(だ)さなければなりません。

re.po.o.to.o./da.sa.na.ke.re.ba./na.ri.ma.se.n.

不能不報告。 / 一定要交報告。

七時(しちじ)に帰(かえ)らなければなりません。

shi.chi.ji.ni./ka.e.ra.na.ke.re.ba./na.ri.ma.se.n.

七點前不回家不行。 / 七點一定要回家。

掃除(そうじ)しなければなりません。

so.u.ji./shi.na.ke.re.ba./na.ri.ma.se.n.

不打掃不行。 / 一定要打掃。

勉強(べんきょう)しなければなりません。

be.n.kyo.u.shi.na.ke.re.ba./na.ri.ma.se.n.

不用功不行。 / 一定要用功。

頑張(がんば)らなければなりません。

ga.n.ba.ra.na.ke.re.ba./na.ri.ma.se.n.

不努力不行。 / 一定要努力。

MP3 087

ない形的應用句型 - 建議

行(い)かないほうがいいです。
i.ka.na.i.ho.u.ga./i.i.de.su.
最好不要去。

說明

「～ないほうがいいです」是提供對方反對意見，表示不要這麼做會比較好。

畫重點

Vない＋ほうがいいです
（Vない：動詞常體ない形）

文法放大鏡

「ほう」為名詞，是某一邊、某一方的意思。還有一個用到「ほう」的句型，是「A より B(の) ほうが～」的句型，意即「比起 A，B 這邊較為～」。可參考第 145 頁助詞「より」的例句。

例句

カタカナで書(か)かないほうがいいです。
ka.ta.ka.na.de./ka.ka.na.i.ho.u.ga./i.i.de.su.
最好別用片假名寫。

見(み)ないほうがいいです。
mi.na.i.ho.u.ga./i.i.de.su.
最好不要看。

話(はな)さないほうがいいです。
ha.na.sa.na.i.ho.u.ga./i.i.de.su.
最好別說。

ない形的應用句型－不需要

明日（あした）来（こ）なくてもいいです。
a.shi.ta./ko.na.ku.te.mo./i.i.de.su.
明天不用來。

說明

「～なくてもいいです」意思是「不～也行」。「てもいいです」是「可以」的句型，前面加上否定，就是表示不需要做、容許不怎麼做也行。「ない」加上「て」時，要把「い」去掉變成「なくて」。(變化方式可參考第43頁、第59頁)

畫重點

表示容許、不需要：
Vなくてもいいです
（V：動詞ない形）

文法放大鏡

如果要表示許可的話，就用て形的「～てもいいです」，詳情可參考第183頁。也可以用「ないでください」表示禁止，請參考第188頁。

例句

もう元気（げんき）ですから、薬（くすり）を飲（の）まなくてもいいです。
mo.u./ge.n.ki./de.su.ka.ra./ku.su.ri.o./no.ma.na.ku.te.mo./i.i.de.su.
已經健康了，不需要吃藥。

今日（きょう）は残業（ざんぎょう）しなくてもいいです。
kyo.u.wa./za.n.gyo.u.shi.na.ku.te.mo./i.i.de.su.
今天可以不加班。

この傘（かさ）を返（かえ）さなくてもいいです。
ko.no.ka.sa.o./ka.e.sa.na.ku.te.mo./i.i.de.su.
這把傘可以不用還。

文法補給站

なかった形 - 常體過去否定

說明

在前面學到了表示否定的「ない形」。而「ない」是屬於「い形容詞」。在形容詞篇中則學過「い形容詞」的過去式是將「い」改成「なかった」，因此「ない」的過去式就是把句尾改成「なかった」。

例詞

I類動詞的ます否定形→ない形→なかった形變化

ます形否定	ない形	なかった形
行(い)きません	行(い)かない	行(い)かなかった
働(はたら)きません	働(はたら)かない	働(はたら)かなかった
泳(およ)ぎません	泳(およ)がない	泳(およ)がなかった
話(はな)しません	話(はな)さない	話(はな)さなかった
待(ま)ちません	待(ま)たない	待(ま)たなかった
死(し)にません	死(し)なない	死(し)ななかった
呼(よ)びません	呼(よ)ばない	呼(よ)ばなかった
飲(の)みません	飲(の)まない	飲(の)まなかった
作(つく)りません	作(つく)らない	作(つく)らなかった
買(か)いません	買(か)わない	買(か)わなかった
洗(あら)いません	洗(あら)わない	洗(あら)わなかった
吸(す)いません	吸(す)わない	吸(す)わなかった
習(なら)いません	習(なら)わない	習(なら)わなかった

II 類動詞的ます否定形→ない形→なかった形變化

ます形否定	ない形	なかった形
食(た)べません	食(た)べない	食(た)べなかった
開(あ)けません	開(あ)けない	開(あ)けなかった
降(お)りません	降(お)りない	降(お)りなかった
借(か)りません	借(か)りない	借(か)りなかった
見(み)ません	見(み)ない	見(み)なかった
着(き)ません	着(き)ない	着(き)なかった
似(に)ません	似(に)ない	似(に)なかった
できません	できない	できなかった

III 類動詞的ます否定形→ない形→なかった形變化

ます形否定	ない形	なかった形
来(き)ません	来(こ)ない	来(こ)なかった
しません	しない	しなかった
勉強(べんきょう)しません	勉強(べんきょう)しない	勉強(べんきょう)しなかった
掃除(そうじ)しません	掃除(そうじ)しない	掃除(そうじ)しなかった
洗濯(せんたく)しません	洗濯(せんたく)しない	洗濯(せんたく)しなかった
散歩(さんぽ)しません	散歩(さんぽ)しない	散歩(さんぽ)しなかった
心配(しんぱい)しません	心配(しんぱい)しない	心配(しんぱい)しなかった
旅行(りょこう)しません	旅行(りょこう)しない	旅行(りょこう)しなかった

認識動詞た形

說明

動詞た形可以用來表示動詞的常體過去式，也可以用來修飾名詞。た形的動詞變化和て形相同，可以對照て形的章節學習。

例詞

動詞ます形與た形變化

	ます形語幹字尾	ます形	た形
I 類動詞	い ち り	言います 持ちます 売ります	言った 持った 売った
	き	聞きます	聞いた
	ぎ	泳ぎます	泳いだ
	み び に	読みます 遊びます 死にます	読んだ 遊んだ 死んだ
	し	貸します	貸した
II 類動詞	え段音	食べます	食べた
	非え段音例外	起きます	起きた
III 類動詞		来ます	来た
		します	した

た形 -I 類動詞

說明

た形又稱為常體過去形，I 類動詞的た形變化和て形相同，可依照動詞ます形語幹最後一個字，分為下列幾種：

ます形語幹最後一個字為い、ち、り→った
ます形語幹最後一個字為き、ぎ→いた、いだ
ます形語幹最後一個字為み、び、に→んだ
ます形語幹最後一個字為し→した

畫重點

I 類動詞的ます形→た形變化

I 類動詞	ます形	た形	變化方式
ます形語幹最後一個字為い、ち、り	買(か)います	買(か)った	います→った
	待(ま)ちます	待(ま)った	ちます→った
	作(つく)ります	作(つく)った	ります→った
ます形語幹最後一個字為き、ぎ	書(か)きます	書(か)いた	きます→いた
	泳(およ)ぎます	泳(およ)いだ	ぎます→いだ
ます形語幹最後一個字為み、び、に	休(やす)みます	休(やす)んだ	みます→んだ
	呼(よ)びます	呼(よ)んだ	びます→んだ
	死(し)にます	死(し)んだ	にます→んだ
ます形語幹最後一個字為し	消(け)します	消(け)した	します→した

MP3 090

例詞

I 類動詞的た形變化
ます形語幹最後一個字為い、ち、り→った

中文	ます形	た形
買	買(か)います	買(か)った
付(錢)	払(はら)います	払(はら)った
唱歌	歌(うた)います	歌(うた)った
製作	作(つく)ります	作(つく)った
送	送(おく)ります	送(おく)った
賣	売(う)ります	売(う)った
等待	待(ま)ちます	待(ま)った
拿	持(も)ちます	持(も)った
站	立(た)ちます	立(た)った
去	行(い)きます	行(い)った(特殊變化)

I 類動詞的た形變化
ます形語幹最後一個字為き、ぎ→いた、いだ

中文	ます形	た形
寫	書(か)きます	書(か)いた
哭	泣(な)きます	泣(な)いた
走路	歩(ある)きます	歩(ある)いた
工作	働(はたら)きます	働(はたら)いた

游泳	泳(およ)ぎます	泳(およ)いだ
脫	脱(ぬ)ぎます	脱(ぬ)いだ

I類動詞的た形變化

ます形語幹最後一個字為み、び、に→んだ

中文	ます形	た形
喝	飲(の)みます	飲(の)んだ
閱讀／讀	読(よ)みます	読(よ)んだ
住	住(す)みます	住(す)んだ
休息	休(やす)みます	休(やす)んだ
飛翔	飛(と)びます	飛(と)んだ
呼喚／稱呼	呼(よ)びます	呼(よ)んだ
遊玩	遊(あそ)びます	遊(あそ)んだ
死亡	死(し)にます	死(し)んだ

I類動詞的た形變化

ます形語幹最後一個字為し→した

中文	ます形	た形
說話	話(はな)します	話(はな)した
消除	消(け)します	消(け)した
借出	貸(か)します	貸(か)した
返還	返(かえ)します	返(かえ)した

た形 -II 類動詞

說明

II 類動詞要變化成た形，只需要把動詞ます形的語幹後面加上「た」即完成變化。

食（た）べます→食（た）べ~~ます~~→食（た）べた

畫重點

II 類動詞的ます形→た形變化

II 類動詞	ます形	た形	變化方式
え段音	食（た）べます	食（た）べた	ます→た
非え段音之例外	起（お）きます	起（お）きた	

例詞

II 類動詞的た形變化
ます形的ます→た

中文	ます形	た形
教	教（おし）えます	教（おし）えた
掛 / 披	掛（か）けます	掛（か）けた
出示	見（み）せます	見（み）せた
丟棄	捨（す）てます	捨（す）てた
開始	始（はじ）めます	始（はじ）めた
睡覺	寝（ね）ます	寝（ね）た
出席	出（で）ます	出（で）た

疲勞	疲(つか)れます	疲(つか)れた
放晴	晴(は)れます	晴(は)れた
吃	食(た)べます	食(た)べた
調查	調(しら)べます	調(しら)べた
忘記	忘(わす)れます	忘(わす)れた
存在	います	いた
穿	着(き)ます	着(き)た
膩 / 厭煩	飽(あ)きます	飽(あ)きた
起身 / 起床	起(お)きます	起(お)きた
存活 / 生活	生(い)きます	生(い)きた
超過 / 過多	過(す)ぎます	過(す)ぎた
相似	似(に)ます	似(に)た
看	見(み)ます	見(み)た
下 (交通工具)	降(お)ります	降(お)りた
辦得到	できます	できた

た形 -III 類動詞

說明

III 類動詞為特殊的變化，變化的方法如下：

来(き)ます→来(き)た

します→した

勉強(べんきょう)します→勉強(べんきょう)した

MP3 092

畫重點

III 類動詞的ます形→た形變化

ます形	た形	變化方式
来(き)ます	来(き)た	ます→た
します	した	
勉強(べんきょう)します	勉強(べんきょう)した	

例詞

III 類動詞的た形變化
ます形的ます→た

中文	ます形	た形
來	来(き)ます	来(き)た
做	します	した
學習 / 讀書	勉強(べんきょう)します	勉強(べんきょう)した
洗衣	洗濯(せんたく)します	洗濯(せんたく)した
發問	質問(しつもん)します	質問(しつもん)した
說明	説明(せつめい)します	説明(せつめい)した
介紹	紹介(しょうかい)します	紹介(しょうかい)した
擔心	心配(しんぱい)します	心配(しんぱい)した
結婚	結婚(けっこん)します	結婚(けっこん)した
旅行	旅行(りょこう)します	旅行(りょこう)した
散步	散歩(さんぽ)します	散歩(さんぽ)した

た形的應用句型 - 表示經驗

日本（にほん）へ行（い）ったことがありますか。
ni.ho.n.e./i.tta.ko.to.ga./a.ri.ma.su.ka.
去過日本嗎？

說明

「～たことがあります」意思是曾做過什麼事，表示擁有的經驗。

畫重點

Vた＋ことがあります
（Vた：動詞た形）

例句

サメを見（み）たことがありません。
sa.me.o./mi.ta.ko.to.ga./a.ri.ma.se.n.
沒看過鯊魚。（サメ：鯊魚）

この本（ほん）を読（よ）んだことがあります。
ko.no.ho.n.o./yo.n.da.ko.to.ga./a.ri.ma.su.
讀過這本書。

手紙（てがみ）を書（か）いたことがありますか。
te.ga.mi.o./ka.i.ta.ko.to.ga./a.ri.ma.su.ka.
寫過信嗎？

日本語（にほんご）で話（はな）したことがあります。
ni.ho.n.go.de./ha.na.shi.ta.ko.to.ga./a.ri.ma.su.
用日文講過話。

お花見（はなみ）に行（い）ったことがありますか。
o.ha.na.mi.ni./i.tta.ko.to.ga./a.ri.ma.su.ka.
去賞過花嗎？

文法補給站

こと的用法

說明

前面學過「こと」泛指「事物」，屬於名詞。在「こと」前面加上動詞，可以將動作名詞化，像是「食べること」、「歌うこと」。以下列出 N5 範圍會用到和「こと」相關的句型。

畫重點

V 辭書形 + ことができます：表示可能性 (**參考第 210 頁** **)**
V 辭書形 + ことが好き / 嫌いです：表示喜好
趣味は V 辭書形 + ことです：表示興趣
V た形 + ことがあります：表示經驗

例句

ギターを弾くことができますか。
gi.ta.a.o./hi.ku.ko.to.ga./de.ki.ma.su.ka.
會彈吉他嗎？

ケーキを食べることが好きです。
ke.e.ki.o./ta.be.ru.ko.to.ga./su.ki.de.su.
喜歡吃蛋糕。

走ることが嫌いでした。
ha.shi.ru.ko.to.ga./ki.ra.i.de.shi.ta.
曾經討厭跑步。

わたしの趣味はドラマを見ることです。
wa.ta.shi.no./shu.mi.wa./do.ra.ma.o./mi.ru.ko.to.de.su.
我的興趣是追劇。

富士山に登ったことがありますか。
fu.ji.sa.n.ni./no.bo.tta.ko.to.ga./a.ri.ma.su.ka.
爬過富士山嗎？

た形的應用句型 - 舉例

アニメを見(み)たり漫画(まんが)を読(よ)んだりします。
a.ni.me.o./mi.ta.ri./ma.n.ga.o./yo.n.da.ri./shi.ma.su.
看看卡通，看看漫畫。

說明

「～たり～たりします」是表示做做這個、做做那個。並非同時進行，亦無固定的順序，而是從自己做過的事情當中，挑選幾樣說出來。

畫重點

V１たり＋V２たり＋します
（V１た、V２た：動詞た形）

例句

日曜日(にちようび)は寝(ね)たり食(た)べたりしました。
ni.chi.yo.u.bi.wa./ne.ta.ri./ta.be.ta.ri./shi.ma.shi.ta.
星期日在吃吃睡睡中度過了。

今日(きょう)は本(ほん)を読(よ)んだり絵(え)を描(か)いたりしました。
kyo.u.wa./ho.n.o./yo.n.da.ri./e.o./ka.i.ta.ri./shi.ma.shi.ta.
今天看了書、畫了畫。

朝(あさ)は洗濯(せんたく)したり散歩(さんぽ)したりします。
a.sa.wa./se.n.ta.ku.shi.ta.ri./sa.n.po.shi.ta.ri./shi.ma.su.
早上會洗衣服、散步。

休日(きゅうじつ)は友達(ともだち)に会(あ)ったり音楽(おんがく)を聴(き)いたりします。
kyu.u.ji.tsu.wa./to.mo.da.chi.ni./a.tta.ri./o.n.ga.ku.o./ki.i.ta.ri./shi.ma.su.
假日會和朋友見面、聽聽音樂。

毎日掃除(まいにちそうじ)したりご飯(はん)を作(つく)ったりしています。
ma.i.ni.chi./so.u.ji.shi.ta.ri./go.ha.n.o./tsu.ku.tta.ri./shi.te.i.ma.su.
每天打掃、作飯。

認識動詞辭書形

說明

日文字典裡的單字，動詞都不是以「ます」結尾，而是以「辭書形」的形式來呈現，「辭書形」類似英語中的「原形」。因為是動詞基本的形式又是使用在字典上的形式，日語稱為「辞書形(じしょけい)」。為方便說明，本書用中文「辭書形」來表示。辭書形通常在使用於非過去肯定的常體句型，或是用於修飾名詞。

畫重點

動詞ます形→辭書形變化

	ます形	辭書形	變化方式
I 類動詞	話(はな)します	話(はな)す	語幹字尾「い段音」→「う段音」
II 類動詞	食(た)べます	食(た)べる	ます→る
III 類動詞	来(き)ます	来(く)る（注意發音變化）	来(く)る する
	します	する	
	質問(しつもん)します	質問(しつもん)する	

辭書形 -I 類動詞

說明

I 類動詞要變成辭書形時，先把「ます」去掉。再將ます形語幹的最後一個字，從「い段音」變成「う段音」，就完成辭書形的變化。

行(い)きます

→行(い)き~~ます~~（刪去ます）

→行(い)く（い段音「き」變成う段音「く」，即：ki → ku）

畫重點

辭書形 -I 類動詞

ます形語幹的最後一個音「い段音」→「う段音」

例詞

I 類動詞的辭書形變化（「い段音」→「う段音」）

I 類動詞	ます形	辭書形	變化方式
使用	使(つか)います	使(つか)う	(i → u)
會見 / 碰面	会(あ)います	会(あ)う	(i → u)
走路	歩(ある)きます	歩(ある)く	(ki → ku)
放置	置(お)きます	置(お)く	(ki → ku)
游泳	泳(およ)ぎます	泳(およ)ぐ	(gi → gu)
脫	脱(ぬ)ぎます	脱(ぬ)ぐ	(gi → gu)
消除 / 關掉	消(け)します	消(け)す	(shi → su)
站立	立(た)ちます	立(た)つ	(chi → tsu)
死亡	死(し)にます	死(し)ぬ	(ni → nu)
呼叫 / 稱呼	呼(よ)びます	呼(よ)ぶ	(bi → bu)
居住	住(す)みます	住(す)む	(mi → mu)
跑	走(はし)ります	走(はし)る	(ri → ru)
轉彎	曲(ま)がります	曲(ま)がる	(ri → ru)

辭書形 -II 類動詞

說明

II 類動詞要變成辭書形，只需要先將動詞ます形的「ます」去掉，剩下語幹的部分後，再加上「る」，即完成了動詞的變化。

食(た)べます
→食(た)べ~~ます~~（刪去ます）
→食(た)べる（加上「る」）

畫重點

辭書形 -II 類動詞
將「ます」形的ます改成「る」

例詞

II 類動詞的辭書形變化（ます→る）

II 類動詞	ます形	辭書形
教導 / 告訴	教(おし)えます	教(おし)える
記住	覚(おぼ)えます	覚(おぼ)える
外出	出(で)かけます	出(で)かける
開始	始(はじ)めます	始(はじ)める
疲勞	疲(つか)れます	疲(つか)れる
放晴	晴(は)れます	晴(は)れる
調查	調(しら)べます	調(しら)べる
丟棄	捨(す)てます	捨(す)てる

告知	知(し)らせます	知(し)らせる
睡	寝(ね)ます	寝(ね)る
在	います	いる
相信	信(しん)じます	信(しん)じる
穿	着(き)ます	着(き)る
膩 / 厭煩	飽(あ)きます	飽(あ)きる
起床 / 起來	起(お)きます	起(お)きる
借入	借(か)ります	借(か)りる
存活 / 生活	生(い)きます	生(い)きる
超過 / 過多	過(す)ぎます	過(す)ぎる
相似	似(に)ます	似(に)る
看	見(み)ます	見(み)る
下 (交通工具)	降(お)ります	降(お)りる
辦得到	できます	できる

文法放大鏡

I 類動詞的「履(は)きます」和 II 類動詞的「着(き)ます」，雖然都是「穿」的意思。但是「履(は)きます」是用在下半身的衣物，如褲子、鞋子、襪子等。而「着(き)ます」則是用於上半身的衣物，如上衣或外套。另外如果是圍巾或耳環等配件，則是用「つけます」或「します」。

辭書形 -III 類動詞

說明

III 類動詞只有「来(き)ます」和「します」，它們的辭書形分別如下。

来(き)ます→来(く)る（請注意發音）

します→する

名詞加します的動詞，也是相同的變化：

勉強(べんきょう)します→勉強(べんきょう)する

例 詞

III 類動詞的ます形→辭書形變化

III 類動詞	ます形	辭書形
來	来(き)ます	来(く)る（注意發音變化）
做	します	する
讀 / 學習	勉強(べんきょう)します	勉強(べんきょう)する
洗衣	洗濯(せんたく)します	洗濯(せんたく)する
發問	質問(しつもん)します	質問(しつもん)する
說明	説明(せつめい)します	説明(せつめい)する
介紹	紹介(しょうかい)します	紹介(しょうかい)する
擔心	心配(しんぱい)します	心配(しんぱい)する
結婚	結婚(けっこん)します	結婚(けっこん)する
散步	散歩(さんぽ)します	散歩(さんぽ)する
練習	練習(れんしゅう)します	練習(れんしゅう)する

文法補給站

辭書形的應用句型 - 表示可能性

說明

「～ことができます」是表示能做到某件事。「できます」是「可以」的意思，前面的助詞要用「が」。「こと」是名詞，意思是「事物」。「ことができます」前面用動詞辭書形來修飾名詞「こと」。

畫重點

表示能力的句型：
V辭書形 + ことができます

文法放大鏡

除了用「ことができます」之外，也可以直接用動詞性的名詞來代替「こと」。像是：「運転（うんてん）ができます」、「掃除（そうじ）ができます」。

例句

彼女（かのじょ）は泳（およ）ぐことができます。
ka.no.jo.wa./o.yo.gu.ko.to.ga./de.ki.ma.su.
她會游泳。

韓国語（かんこくご）を話（はな）すことができますか。
ka.n.ko.ku.go.o./ha.na.su.ko.to.ga./de.ki.ma.su.ka.
會說韓文嗎？

この店（みせ）ではインターネットを使（つか）うことができます。
ko.no.mi.se./de.wa./i.n.ta.a.ne.tto.o./tsu.ka.u.ko.to.ga./de.ki.ma.su.
這家店可以用網路。

きのうは忙（いそが）しくて映画（えいが）を見（み）ることができませんでした。
ki.no.u.wa./i.so.ga.shi.ku.te./e.i.ga.o./mi.ru.ko.to.ga./de.ki.ma.se.n.de.shi.ta.
昨天很忙，沒辦法看電影。

「敬體」與「常體」

說明

日文和中文最大的不同，就在於日文依照說話對象的不同，使用的文法也會有所改變。我們學過的動詞敬語基本形 -「ます形」，以及在名詞句、形容詞句中用到的「です」，都是屬於「敬體」的一種。敬體在日文裡又叫「丁寧形」。在日文中，為了表示尊重對方，在句子上加了很多表示禮貌的裝飾，就稱為「敬體」。如果將這些裝飾都拿掉，剩下的就是句子最原本的模樣，就是「常體」，日文中也叫「普通形」。

「敬體」是在和不熟識的平輩、長輩或是正式場合時使用；而「常體」則是用在與平輩、熟識的朋友、晚輩溝通時，另外也可以用於沒有特定對象的文章寫作中。

「常體」除了因應溝通對象進行形式變化之外，許多文法上的句型表現，也常會是用到常體，因此在接下來的章節中，將介紹各種常體的變化。

	敬體（丁寧形（ていねいけい））	常體（普通形（ふつうけい））
定義	禮貌的說法	一般（較不修飾或隨性）的說法
對象	長輩、不熟識的對象／正式場合	熟識的對象、平輩、晚輩／寫文章
形式	名詞＋です 形容詞＋です 動詞＋ます	辭書形 た形 ない形 なかった形
例	食（た）べます（吃） 食（た）べません（不吃） 食（た）べました（吃過了） 食（た）べませんでした（沒有吃）	食（た）べる（吃） 食（た）べない（不吃） 食（た）べた（吃過了） 食（た）べなかった（沒有吃）

敬體和常體的對照

說明

前面已經認識動詞的四種基本形式：「ます形」、「辭書形」、「ない形」、「て形」；也學習了表示過去的「た形」。這幾種形式也是常體會用到的，接下來，將常體和敬體相互對照。

I類動詞（語幹最後一個字為い、ち、り）

	敬體	常體
非過去肯定	買(か)います	買(か)う
非過去否定	買(か)いません	買(か)わない
過去肯定	買(か)いました	買(か)った
過去否定	買(か)いませんでした	買(か)わなかった

I類動詞（語幹最後一個字為み、び、に）

	敬體	常體
非過去肯定	飲(の)みます	飲(の)む
非過去否定	飲(の)みません	飲(の)まない
過去肯定	飲(の)みました	飲(の)んだ
過去否定	飲(の)みませんでした	飲(の)まなかった

I類動詞（語幹最後一個字為し）

	敬體	常體
非過去肯定	話(はな)します	話(はな)す

非過去否定	話(はな)しません	話(はな)さない
過去肯定	話(はな)しました	話(はな)した
過去否定	話(はな)しませんでした	話(はな)さなかった

I 類動詞（語幹最後一個字為き、ぎ）

	敬體	常體
非過去肯定	書(か)きます	書(か)く
非過去否定	書(か)きません	書(か)かない
過去肯定	書(か)きました	書(か)いた
過去否定	書(か)きませんでした	書(か)かなかった

II 類動詞

	敬體	常體
非過去肯定	食(た)べます	食(た)べる
非過去否定	食(た)べません	食(た)べない
過去肯定	食(た)べました	食(た)べた
過去否定	食(た)べませんでした	食(た)べなかった

III 類動詞 - 来(き)ます（注意發音變化）

	敬體	常體
非過去肯定	来(き)ます	来(く)る
非過去否定	来(き)ません	来(こ)ない

過去肯定	来（き）ました	来（き）た
過去否定	来（き）ませんでした	来（こ）なかった

III 類動詞 - します

	敬體	常體
非過去肯定	します	する
非過去否定	しません	しない
過去肯定	しました	した
過去否定	しませんでした	しなかった

說明

名詞和形容詞也有常體的形式，以下是名詞和形容詞的敬體和常體對照。

名詞的敬體與常體

	敬體	常體
非過去肯定	先生（せんせい）です	先生（せんせい）だ
非過去否定	先生（せんせい）ではありません 先生（せんせい）じゃありません	先生（せんせい）ではない 先生（せんせい）じゃない
過去肯定	先生（せんせい）でした	先生（せんせい）だった
過去否定	先生（せんせい）ではありませんでした 先生（せんせい）じゃありませんでした	先生（せんせい）ではなかった 先生（せんせい）じゃなかった

い形容詞的敬體與常體

	敬體	常體
非過去肯定	おもしろいです	おもしろい
非過去否定	おもしろくありません おもしろくないです	おもしろくない
過去肯定	おもしろかったです	おもしろかった
過去否定	おもしろくありませんでした おもしろくなかったです	おもしろくなかった

な形容詞的敬體與常體

	敬體	常體
非過去肯定	まじめです	まじめだ
非過去否定	まじめではありません まじめじゃありません	まじめではない まじめじゃない
過去肯定	まじめでした	まじめだった
過去否定	まじめではありませんでした まじめじゃありませんでした	まじめではなかった まじめじゃなかった

文法放大鏡

常體還可以用於修飾名詞，依照句子的意思和時態，使用不同的常體形式。例如：

まじめな先生（せんせい）です。（認真的老師；な形容詞修飾名詞）

昨日（きのう）食（た）べたパンです。（昨天吃的麵包；動詞修飾名詞）

かわいいスカートです。（可愛的裙子；い形容詞修飾名詞）

動詞分類篇 動詞進階篇 副詞篇 數字時間篇 文法補充篇 單字附錄

常體的應用句型 - 動詞修飾名詞

說明

動詞後面加上名詞，要使用常體來修飾名詞（辭書形、ない形、た形、なかった形都可以）。

畫重點

動詞常體修飾名詞：
辭書形 + 名詞
ない形 + 名詞
た形 + 名詞
なかった形 + 名詞

例句

来週、社長が会う人は誰ですか？
ra.i.shu.u./sha.cho.u.ga./a.u./hi.to.wa./da.re.de.su.ka.
下星期社長要見面的人是誰？（辭書形「会う」修飾名詞「人」）

会社から借りた傘はこの傘です。
ka.i.sha.ka.ra./ka.ri.ta./ka.sa.wa./ko.no./ka.sa.de.su.
從公司借來的傘是這把傘。（動詞た形「借りた」修飾名詞「傘」）

来月国へ帰らない学生はいますか。
ra.i.ge.tsu./ku.ni.e./ka.e.ra.na.i./ga.ku.se.i.wa./i.ma.su.ka.
有學生下個月不回國的嗎？
（動詞ない形「帰らない」修飾名詞「学生」）

あれはきのう食べなかったアイスクリームです。
a.re.wa./ki.no.u./ta.be.na.ka.tta./a.i.su.ku.ri.i.mu.de.su.
這是昨天沒吃的冰淇淋。
（動詞なかった形「食べなかった」修飾名詞「アイスクリーム」）

朝、人に会ったとき、「おはよう」と言います。
a.sa./hi.to.ni./a.tta./to.ki./o.ha.yo.u.to./i.i.ma.su.
早上和人相遇時，說「早安」。（動詞た形「会った」修飾名詞「とき」）

文法補給站

動詞常體 + の

說明

前面曾經學習過名詞和形容詞 + の的用法，動詞後面也可以用の來代表已知或重複的名詞，用法和修飾名詞的方式相同。

畫重點

動詞常體 + の

例句

このケーキはわたしが作(つく)ったのです。
ko.no./ke.e.ki.wa./wa.ta.shi.ga./tsu.ku.tta.no.de.su.
我是我做的蛋糕。

写真(しゃしん)を撮(と)っているのは田中(たなか)さんです。
sha.shi.n.o./to.tte.i.ru.no.wa./ta.na.ka.sa.n.de.su.
在拍照的是田中先生 (小姐)。

店(みせ)の前(まえ)に立(た)っているのはわたしの彼氏(かれし)です。
mi.se.no./ma.e.ni./ta.tte.i.ru.no.wa./wa.ta.shi.no./ka.re.shi.de.su.
站在店前面的是我男友。(彼氏(かれし)：男友)

来(く)るのは彼(かれ)だけです。
ku.ru.no.wa./ka.re.da.ke.de.su.
只有他會來。

あそこで課長(かちょう)と話(はな)しているのは誰(だれ)ですか。
a.so.ko.de./ka.cho.u.to./ha.na.shi.te.i.ru.no.wa./da.re.de.su.ka.
在那裡和課長說話的是誰？

今(いま)、使(つか)っているのはどこのテレビですか。
i.ma./tsu.ka.tte.i.ru.no.wa./do.ko.no./te.re.bi.de.su.ka.
現在用的是哪個牌子的電視呢？

常體的應用句型 -「とき」的用法

說明

「とき」是「~ 的時候」之意，屬於名詞，所以前面可以用名詞、形容詞和動詞的常體來修飾。「A とき B」表示在 A 的狀態下，發生 B 這件事，句中 A 和 B 並不一定使用相同時態。

畫重點

常體 + とき

例句

学校に行くとき、雨が降っていました。
ga.kko.u.ni./i.ku.to.ki./a.me.ga./fu.tte./i.ma.shi.ta.
要去學校的時候，正在下雨。(出發前下雨，とき前用非過去式)

疲れたときは、休んでください。
tsu.ka.re.ta.to.ki.wa./ya.su.n.de./ku.da.sa.i.
累了的時候，請休息。(覺得累才休息，とき前面用過去式)

頭が痛かったとき、学校を休みました。
a.ta.ma.ga./i.ta.ka.tta.to.ki./ga.kko.u.o./ya.su.mi.ma.shi.ta.
頭痛的時候，向學校請了假。(頭痛才請假，とき前面用過去式)

高校のとき、野球をやっていました。
ko.u.ko.u.no./to.ki./ya.kyu.u.o./ya.tte./i.ma.shi.ta.
高中時，打過棒球。(高校是名詞，用「の」來連接とき)

暇なとき、いつもゲームをします。
hi.ma.na.to.ki./i.tsu.mo./ge.e.mu.o./shi.ma.su.
閒暇的時候，總是在玩電玩。(な形容詞修飾とき要加「な」)

お酒を飲むとき、「乾杯」と言います。
o.sa.ke.o./no.mu./to.ki./ka.n.pa.i.to./i.i.ma.su.
喝酒時，會說「乾杯」。(喝酒前說乾杯，とき前面用非過去式)

常體的應用句型 - 表示推測

たぶん出るでしょう。

ta.bu.n./de.ru.de.sho.u.

應該會出吧。

說明

「でしょう」是推測的語氣，用來表達推理猜想而並不是很確定的事情。想要向對方確認或徵求同意，也可以用「でしょう」，句末的語調則上揚。

畫重點

常體＋でしょう

例句

あしたは晴れるでしょう。

a.shi.ta.wa./ha.re.ru./de.sho.u.

明天應該會放晴。(天氣預報時常用句)

この花、とてもきれいでしょう。

ko.no.ha.na./to.te.mo./ki.re.i./de.sho.u.

這花很美吧。

漢字を覚えるのは大変でしょう。

ka.n.ji.o./o.bo.e.ru.no.wa./ta.i.he.n./de.sho.u.

記住漢字很辛苦吧？。

この問題は、試験に出るでしょう。

ko.no./mo.n.da.i.wa./shi.ke.n.ni./de.ru.de.sho.u.

這題考試會出吧

常體的應用句型 - 想法和推論

あの人(ひと)は何歳(なんさい)だと思(おも)いますか。

a.no.hi.to.wa./na.n.sa.i.da.to./o.mo.i.ma.su.ka.

你覺得那個人大概幾歲？

說明

「と思(おも)います」也是屬於推測的用法。用於表達想法和推論。在「と」的前面可以用名詞、形容詞和動詞的常體。

畫重點

常體 + と思(おも)います

例句

この問題(もんだい)、テストに出(で)ると思(おも)いますか。

ko.no./mo.n.da.i./te.su.to.ni./de.ru.to./o.mo.i.ma.su.ka.

你覺得這題考試會出嗎？

今夜(こんや)の飲(の)み会(かい)には行(い)かないと思(おも)います。

ko.n.ya.no./no.mi.ka.i.ni.wa./i.ka.na.i.to./o.mo.i.ma.su.

我應該不會去今晚的聚餐。

まだ熱(あつ)いと思(おも)いますから、気(き)をつけて食(た)べてください。

ma.da./a.tsu.i.to./o.mo.i.ma.su.ka.ra./ki.o.tsu.ke.te./te.be.te./ku.da.sa.i.

我想它還很熱，吃的時候請小心。

日本(にほん)のコンビニはわたしの国(くに)のコンビニより便利(べんり)だと思(おも)います。

ni.ho.n.no./ko.n.bi.ni.wa./wa.ta.shi.no./ku.ni.no./ko.n.bi.ni.yo.ri./be.n.ri.da.to./o.mo.i.ma.su.

我覺得日本的便利商店比我國家的便利商店方便。

文法補給站

表示引用的句型 - と言(い)います

說明

「と言(い)います」是引用或是表達內容所用的句型。「と」的前面放入想要引用的內容。

文法放大鏡

「と言(い)います」前面用引號把引用的內容標註起來，叫做直接引用，此時引用的句子可用敬體也可用常體。如果不用引號來引用的話，叫做間接引用，此時要把「と」前面引用的內容改成常體。

例句

おみやげをもらったとき、何(なん)と言(い)いますか。
o.mi.ya.ge.o./mo.ra.tta./to.ki./na.n.to./i.i.ma.su.ka.
收到伴手禮時，該說什麼？

うちに帰(かえ)ったとき、「ただいま」と言(い)います。
u.chi.ni./ka.e.tta./to.ki./ta.da.i.ma.to./i.i.ma.su.
回到家時，要說「我回來了」。

社長(しゃちょう)はもっと頑張(がんば)らなければならないと言(い)いました。
sha.cho.u.wa./mo.tto./ga.n.ba.ra.na.ke.re.ba./na.ra.na.i.to./i.i.ma.shi.ta.
社長說要更努力才行。

父(ちち)は冷蔵庫(れいぞうこ)にプリンがあると言(い)いました。
chi.chi.wa./re.i.zo.u.ko.ni./pu.ri.n.ga./a.ru.to./i.i.ma.shi.ta.
爸爸說冰箱裡有布丁。

彼(かれ)はサッカーはおもしろいと言(い)いました。
ka.re.wa./sa.kka.a.wa./o.mo.shi.ro.i.to./i.i.ma.shi.ta.
他說足球很有趣。

保證得分！日檢 言語知識 N5 文法・文字・語彙
副詞篇

認識副詞

說明

副詞可以用來修飾動詞和形容詞，本篇列出 N5 常見的副詞，搭配例句一起記憶，以期更熟悉使用的情境。更多 N5 的副詞，也可以參考後面的單字附錄第 312 頁。

あまり - 不怎麼 (接否定)

例 句

日曜日は、あまり勉強しません。
ni.chi.yo.u.bi.wa./a.ma.ri./be.n.kyo.u.shi.ma.se.n.
星期日不太念書。

テレビはあまり見ませんが、きらいじゃありません。
te.re.bi.wa./a.ma.ri.mi.ma.se.n.ga./ki.ra.i./ja.a.ri.ma.se.n.
我不太看電視，但並非討厭。

最近、あまり旅行に行きません。
sa.i.ki.n./a.ma.ri./ryo.ko.u.ni./i.ki.ma.se.n.
最近不常去旅行。

今年の冬はあまり寒くありません。
ko.to.shi.no./fu.yu.wa./a.ma.ri./sa.mu.ku./a.ri.ma.se.n.
今年的冬天不太冷。

あまり - 很 / 非常

例 句

あまりおいしくて、3 つも食べました。
a.ma.ri./o.i.shi.ku.te./mi.ttsu.mo./ta.be.ma.shi.ta.
太好吃了，所以吃了 3 個。

あまり疲(つか)れたから、早(はや)く寝(ね)ました。

a.ma.ri./tsu.ka.re.ta.ka.ra./ha.ya.ku.ne.ma.shi.ta.

太累了，所以很早就睡了。

いつも - 總是

例句

母(はは)は、いつも忙(いそが)しいです。

ha.ha.wa./i.tsu.mo./i.so.ga.shi.i.de.su.

母親總是很忙。

わたしはいつも朝(あさしちじ)7時に起(お)きます。

wa.ta.shi.wa./i.tsu.mo./a.sa.shi.chi.ji.ni./o.ki.ma.su.

我總是早上7點起床。

散歩(さんぽ)したあとは、いつもシャワーを浴(あ)びます。

sa.n.po.shi.ta./a.to.wa./i.tsu.mo./sha.wa.a.o./a.bi.ma.su.

散步之後，都會淋浴。

いろいろ - 各式各樣

例句

デパートでいろいろ買(か)いました。

de.pa.a.to.de./i.ro.i.ro./ka.i.ma.shi.ta.

在百貨買了各式各樣的東西。

このレストランはメニューがいろいろあります。

ko.no./re.su.to.ra.n.wa./me.nyu.u.ga./i.ro.i.ro.a.ri.ma.su.

這餐廳的菜單上有各種料理。

机(つくえ)の上(うえ)にペンがいろいろあります。

tsu.ku.e.no./u.e.ni./pe.n.ga./i.ro.i.ro./a.ri.ma.su.

桌子上有各種筆。

おおぜい - 很多人 / 人潮洶湧

例 句

人がおおぜい来ました。
hi.to.ga./o.o.ze.i./ki.ma.shi.ta.
湧進了很多人。

入り口に、人がおおぜい集まっています。
i.ri.gu.chi.ni./hi.to.ga./o.o.ze.i./a.tsu.ma.tte./i.ma.su.
入口聚集了很多人。

ホテルに外国人がおおぜいいます。
ho.te.ru.ni./ga.i.ko.ku.ji.n.ga./o.o.ze.i./i.ma.su.
旅館有很多外國人。

※ おおぜい是名詞也是副詞。

全部 - 全部

例 句

この小説を全部読みました。
ko.no./sho.u.se.tsu.o./ze.n.bu./yo.mi.ma.shi.ta.
這本小說我全讀完了。

嫌なことを全部忘れました。
i.ya.na.ko.to.o./ze.n.bu./wa.su.re.ma.shi.ta.
把討厭的事全都忘了。

ここにある本は全部わたしのです。
ko.ko.ni./a.ru.ho.n.wa./ze.n.bu./wa.ta.shi.no.de.su.
這裡的書全是我的。

ちょっと - 稍微

例句

ちょっと待（ま）ってください。
cho.tto./ma.tte./ku.da.sa.i.
稍等一下。

ちょっと遅（おそ）いですね。
cho.tto./o.so.i.de.su.ne.
有一點慢啊。

ちょっとだけ食（た）べました。
cho.tto.da.ke./ta.be.ma.shi.ta.
吃了一點點。

少（すこ）し - 一點點

例句

ご飯（はん）を少（すこ）し食（た）べました。
go.ha.n.o./su.ko.shi./ta.be.ma.shi.ta.
吃了一點飯。

今日（きょう）も、少（すこ）し日本語（にほんご）を勉強（べんきょう）しました。
kyo.u.mo./su.ko.shi./ni.ho.n.go.o./be.n.kyo.u.shi.ma.shi.ta.
今天也讀了一些日文。

喉（のど）が渇（かわ）きました。お水（みず）を少（すこ）しください。
no.do.ga./ka.wa.ki.ma.shi.ta./o.mi.zu.o./su.ko.shi./ku.da.sa.i.
口渴了，請給我一點水。

ときどき - 有時

例句

ともだち　さけ　の
ときどき友達とお酒を飲みます。
to.ki.do.ki./to.mo.da.chi.to./o.sa.ke.o./no.mi.ma.su.
有時會和朋友喝酒。

じゅうじ　ね　じゅうにじ　ね
いつも 10 時に寝ます。ときどき 12 時に寝ます。
i.tsu.mo./ju.u.ji.ni./ne.ma.su./to.ki.do.ki./ju.u.ni.ji.ni./ne.ma.su.
總是 10 點睡，有時 12 點睡。

えいがかん　えいが　み
ときどき映画館で映画を見ます。
to.ki.do.ki./e.i.ga.ka.n.de./e.i.ga.o./mi.ma.su.
有時候會去電影院看電影。

もう - 已經

例句

かれ　かえ
彼はもう帰りましたか。
ka.re.wa./mo.u./ka.e.ri.ma.shi.ta.ka.
他已經回去了嗎？

しゅくだい
もう宿題をしましたか。
mo.u./shu.ku.da.i.o./shi.ma.shi.ta.ka.
已經寫完作業了嗎？

かいぎ　はじ
もう会議が始まりましたか。
mo.u./ka.i.gi.ga./ha.ji.ma.ri.ma.shi.ta.ka.
會議已經開始了嗎？

まだ - 還沒

例句

A：もう食べましたか。
mo.u./ta.be.ma.shi.ta.ka.
已經吃了嗎？

B：いいえ、まだ食べていせん。
i.i.e./ma.da./ta.be.te.i.ma.se.n.
不，還沒吃。

メールはまだ送っていません。
me.e.ru.wa./ma.da./o.ku.tte./i.ma.se.n.
還沒把郵件寄出。

とても - 非常

例句

今日はとても寒いです。
kyo.u.wa./to.te.mo./sa.mu.i.de.su.
今天非常冷。

荷物はとても重いです。
ni.mo.tsu.wa./to.te.mo./o.mo.i.de.su.
行李非常重。

新幹線はとても速いです。
shi.n.ka.n.se.n.wa./to.te.mo./ha.ya.i.de.su.
新幹線非常快。

だいたい - 大概 / 大致

例句

この資料(しりょう)はだいたいわかります。
ko.no./shi.ryo.u.wa./da.i.ta.i./wa.ka.ri.ma.su.
大致理解這些資料。

休(やす)みの日(ひ)は、だいたい家(いえ)にいます。
ya.su.mi.no.hi.wa./da.i.ta.i./i.e.ni./i.ma.su.
休假日通常在家。

学校(がっこう)まで、だいたいバスで20分(にじゅっぷん)かかります。
ga.kko.u.ma.de./da.i.ta.i./ba.su.de./ni.ju.ppu.n./ka.ka.ri.ma.su.
坐公車到學校大概要 20 分鐘。

ぜんぜん - 完全不 (接否定)

例句

お金(かね)がぜんぜんありません。
o.ka.ne.ga./ze.n.ze.n./a.ri.ma.se.n.
完全沒有錢。

この映画(えいが)はぜんぜんおもしろくありません。
ko.no./e.i.ga.wa./ze.n.ze.n./o.mo.shi.ro.ku./a.ri.ma.se.n.
這電影一點也不好看。

果物(くだもの)は全然(ぜんぜん)好(す)きじゃありません。
ku.da.mo.no.wa./ze.n.ze.n./su.ki./ja.a.ri.ma.se.n.
一點也不喜歡水果。

ずっと - 總是 / 一直

例句

きのうはずっとゲームをしていました。
ki.no.u.wa./zu.tto./ge.e.mu.o./shi.te./i.ma.shi.ta.
昨天一直在打遊戲。

会社(かいしゃ)でずっと待(ま)っていましたが、彼(かれ)は来(き)ませんでした。
ka.i.sha.de./zu.tto./ma.tte./i.ma.shi.ta.ga./ka.re.wa./ki.ma.se.n.de.shi.ta.
一直在公司等，但他沒來。

3年前(さんねんまえ)からずっとこの車(くるま)に乗(の)っています。
sa.n.ne.n.ma.e./ka.ra./zu.tto./ko.no./ku.ru.ma.ni./no.tte./i.ma.su.
從3年前就一直開這輛車。

はじめて - 初次

例句

先週(せんしゅう)、初(はじ)めて納豆(なっとう)を食(た)べました。
se.n.shu.u./ha.ji.me.te./na.tto.u.o./ta.be.ma.shi.ta.
上週第一次吃了納豆。

日本(にほん)で初(はじ)めて新幹線(しんかんせん)に乗(の)りました。
ni.ho.n.de./ha.ji.me.te./shi.n.ka.n.se.n.ni./no.ri.ma.shi.ta.
第一次在日本乘坐新幹線。

こんな大(おお)きいスイカは初(はじ)めて見(み)ました。
ko.n.na./o.o.ki.i./su.i.ka.wa./ha.ji.me.te./mi.ma.shi.ta.
第一次見到這麼大的西瓜。

べつべつに - 分開

例句

べつべつにはらいます。
be.tsu.be.tsu.ni./ha.ra.i.ma.su.
分開付款。

お会計(かいけい)はべつべつにお願(ねが)いします。
o.ka.i.ke.i.wa./be.tsu.be.tsu.ni./o.ne.ga.i.shi.ma.su.
請分開結帳。

べつべつにいれてください。
be.tsu.be.tsu.ni./i.re.te./ku.da.sa.i.
請分開裝。

ゆっくり - 慢慢地

例句

ゆっくり話(はな)してください。
yu.kku.ri./ha.na.shi.te./ku.da.sa.i.
請說慢一點。

はい、ゆっくり言(い)いますね。
ha.i./yu.kku.ri./i.i.ma.su.ne.
好，我慢慢說喔。

ゆっくり食(た)べてください。
yu.kku.ri./ta.be.te./ku.da.sa.i.
請慢慢吃。

ゆっくり - 從容

例句

家（いえ）でゆっくりします。
i.e.de./yu.kku.ri./shi.ma.su.
在家從容悠閒地過。

景色（けしき）をゆっくり見（み）るのが好（す）きです。
ke.shi.ki.o./yu.kku.ri./mi.ru.no.ga./su.ki.de.su.
喜歡從容地欣賞風景。

ゆっくり休（やす）んでください。
yu.kku.ri./ya.su.n.de./ku.da.sa.i.
請好好休息。

すぐ - 馬上

例句

すぐに電話（でんわ）してください。
su.gu.ni./de.n.wa.shi.te./ku.da.sa.i.
請馬上打電話。

疲（つか）れていますから、夜（よる）はすぐに寝（ね）ます。
tsu.ka.re.te./i.ma.su.ka.ra./yo.ru.wa./su.gu.ni./ne.ma.su.
因為累了，所以晚上立刻就寢。

すぐに帰（かえ）りました。
su.gu.ni./ka.e.ri.ma.shi.ta.
馬上就回去了。

MP3 108

また - 再

例句

また後(あと)で会(あ)いましょう。
ma.ta./a.to.de./a.i.ma.sho.u.
等一下再會。

また食(た)べたいですか。
ma.ta./ta.be.ta.i.de.su.ka.
還想吃嗎？

また文句(もんく)を言(い)いました。
ma.ta./mo.n.ku.o./i.i.ma.shi.ta.
又抱怨了。

もう少(すこ)し - 再一點

例句

もう少(すこ)し大(おお)きい声(こえ)で話(はな)してください。
mo.u.su.ko.shi./o.o.ki.i./ko.e.de./ha.na.shi.te./ku.da.sa.i.
請再大聲一點說。

もう少(すこ)しドラマを見(み)てから寝(ね)ます。
mo.u./su.ko.shi./do.ra.ma.o./mi.te.ka.ra./ne.ma.su.
再看一點連續劇之後再睡。

もう少(すこ)し考(かんが)えます。
mo.u./su.ko.shi./ka.n.ga.e.ma.su.
我再想一下。

もう一度 - 再一次

例句

もう一度やってください。
mo.u.i.chi.do./ya.tte./ku.da.sa.i.
請再做一次。

もう一度行きたいです。
mo.u.i.chi.do./i.ki.ta.i.de.su.
還想再去。

もう一度言います。
mo.u.i.chi.do./i.i.ma.su.
再說一次。

まっすぐ - 筆直 / 直接

例句

この道をまっすぐに行きます。
ko.no./mi.chi.o./ma.ssu.gu.ni./i.ki.ma.su.
沿這條路直走。

まっすぐに会社に行きます。
ma.ssu.gu.ni./ka.i.sha.ni./i.ki.ma.su.
直接去公司。

まっすぐに先生にわたしてください。
ma.su.ggu.ni./se.n.se.i.ni./wa.ta.shi.te./ku.da.sa.i.
請直接交給老師。

MP3 109

まず - 首先

例句

まず、ボタンを押してください。
ma.zu./bo.ta.n.o./o.shi.te./ku.da.sa.i.
首先請按鈕。

家に帰って、まず手を洗います。
i.e.ni./ka.e.tte./ma.zu./te.o./a.ra.i.ma.su.
回家後，首先洗手。

まず「おはようございます」と言います。
ma.zu./o.ha.yo.u.go.za.i.ma.su.to./i.i.ma.su.
首先說早安。

ぜひ - 務必

例句

ぜひ見に行ってください。
ze.hi./mi.ni./i.tte./ku.da.sa.i.
請務必去看。

ぜひ遊びに来てください。
ze.hi./a.so.bi.ni./ki.te./ku.da.sa.i.
請務必來玩。

ぜひ会いたいです。
ze.hi./a.i.ta.i.de.su.
務必要見上一面。

一度（いちど）も - 一次也（接否定）

例句

一度（いちど）も食（た）べたことがありません。
i.chi.do.mo./ta.be.ta.ko.to.ga./a.ri.ma.se.n.
一次也沒吃過。

富士山（ふじさん）にいちども登（のぼ）ったことがありません。
fu.ji.sa.n.ni./i.chi.do.mo./no.bo.tta./ko.to.ga./a.ri.ma.se.n.
一次都沒登過富士山。

リーさんと一度（いちど）も会（あ）ったことがありません。
ri.i.sa.n.to./i.chi.do.mo./a.tta./ko.to.ga./a.ri.ma.se.n.
和李小姐（先生）一次都沒見過。

だんだん - 漸漸地

例句

だんだん寒（さむ）くなってきました。
da.n.da.n./sa.mu.ku./na.tte./ki.ma.shi.ta.
漸漸變冷了。

だんだん明（あか）るくなります。
da.n.da.n./a.ka.ru.ku./na.ri.ma.su.
越來越亮。

だんだん慣（な）れてきました。
da.n.da.n./na.re.te./ki.ma.shi.ta.
越來越習慣了。

もうすぐ - 就快要

例句

もうすぐ春(はる)ですね。
mo.u./su.gu./ha.ru.de.su.ne.
就快春天了。

もうすぐ着(つ)きます。
mo.u./su.gu./tsu.ki.ma.su.
快到了。

もうすぐ誕生日(たんじょうび)ですね。
mo.u.su.gu./ta.n.jo.u.bi.de.su.ne.
很快就是生日了吧。

何回(なんかい)も - 好幾次

例句

この曲(きょく)は何回(なんかい)も聴(き)きました。
ko.no.kyo.ku.wa./na.n.ka.i.mo./ki.ki.ma.shi.ta.
這首曲子聽了好幾次。

何回(なんかい)も言(い)いましたね。
na.n.ka.i.mo./i.i.ma.shi.ta.ne.
說過好幾次了吧。

何回(なんかい)もアメリカへ行(い)きましたか。
na.n.ka.i.mo./a.me.ri.ka.e./i.ki.ma.shi.ta.ka.
去過好幾次美國嗎？

たぶん - 大概

例句

たぶんあした　は　おも
多分明日は晴れだと思います。
ta.bu.n./a.shi.ta.wa./ha.re.da.to./o.mo.i.ma.su.
我想明天大概是晴天。

たぶんか
多分買うでしょう。
ta.bu.n./ka.u./de.sho.u.
大概會買吧。

たぶんだいじょうぶ
多分大丈夫でしょう。
ta.bu.n./da.i.jo.u.bu./de.sho.u.
應該沒問題吧。

きっと - 一定

例句

かれ　く　おも
彼はきっと来ると思います。
ka.re.wa./ki.tto./ku.ru.to./o.mo.i.ma.su.
他一定會來。

だいじょうぶ
大丈夫、きっとできます。
da.i.jo.u.bu./ki.tto./de.ki.ma.su.
沒問題，一定辦得到。

あした
明日はきっといいことがあります。
a.shi.ta.wa./ki.tto./i.i.ko.to.ga./a.ri.ma.su.
明天一定有好事。

本当(ほんとう)に - 真的 / 非常

例句

このパスタは本当(ほんとう)においしいです。
ko.no./pa.su.ta.wa./ho.n.to.u.ni./o.i.shi.i.de.su.
這義大利麵真的很好吃。

本当(ほんとう)にすみません。
ho.n.to.u.ni./su.mi.ma.se.n.
真的很對不起。

きのうの番組(ばんぐみ)は本当(ほんとう)におもしろかったです。
ki.no.u.no./ba.n.gu.mi.wa./ho.n.to.u.ni./o.mo.shi.ro.ka.tta.de.su.
昨天的節目真的很有趣。

そんなに - 沒那麼 (接否定)

例句

ラーメンはそんなに好(す)きじゃありません。
ra.a.me.n.wa./so.n.na.ni./su.ki./ja.a.ri.ma.se.n.
我不是那麼喜歡拉麵。

荷物(にもつ)はそんなに重(おも)くありませんでした。
ni.mo.tsu.wa./so.n.na.ni./o.mo.ku./a.ri.ma.se.n.de.shi.ta.
行李沒那麼重。

テストはそんなに難(むずか)しくなかったです。
te.su.to.wa./so.n.na.ni./mu.zu.ka.shi.ku.na.ka.tta.de.su.
考試沒有那麼難。

もちろん

例句

明日（あした）のパーティー、もちろん行（い）きます。
a.shi.ta.no./pa.a.ti.i./mo.chi.ro.n./i.ki.ma.su.
明天的派對，我當然會去。

この秘密（ひみつ）はもちろん誰（だれ）にも言（い）いません。
ko.no./hi.mi.tsu.wa./mo.chi.ro.n./da.re.ni.mo./i.i.ma.se.n.
這個祕密我當然不會告訴任何人。

A：傘（かさ）を借（か）りてもいいですか。
ka.sa.o./ka.ri.te.mo./i.i.de.su.ka.
可以借我傘嗎？

B：もちろんです。どうぞ。
mo.chi.ro.n.de.su./do.u.zo.
當然可以。請。

文法放大鏡

除了副詞篇提到的副詞之外，前面也學習過形容詞轉化為副詞以修飾動詞的文法，可以參考第 42 頁和第 57 頁。

保證得分！日檢 言語知識 N5 文法・文字・語彙

數字時間篇

【基礎數字】

說明

數字屬於名詞，漢字和阿拉伯數字通用。下列單字表為了方便閱讀，除基礎數字之外，皆以阿拉伯數字表示。

基礎數字		
數字	数字（すうじ）	su.u.ji.
零	まる／ゼロ／れい	ma.ru./ze.ro./re.i.
一	一（いち）	i.chi.
二	二（に）	ni.
三	三（さん）	sa.n.
四	四（よん）／四（し）	yo.n./shi.
五	五（ご）	go.
六	六（ろく）	ro.ku.
七	七（しち）／七（なな）	shi.chi./na.na.
八	八（はち）	ha.chi.
九	九（きゅう）／九（く）	kyu.u./ku.
十	十（じゅう）	ju.u.
二十	二十（にじゅう）	ni.ju.u.
九十	九十（きゅうじゅう）	kyu.u.ju.u.

百	百（ひゃく）	hya.ku.
三百	三百（さんびゃく）	sa.n.bya.ku.
六百	六百（ろっぴゃく）	ro.ppya.ku.
八百	八百（はっぴゃく）	ha.ppya.ku.
千	千（せん）	se.n.
萬	万（まん）	ma.n.
百萬	百万（ひゃくまん）	hya.ku.ma.n.
億	億（おく）	o.ku.

【十位數】

說明

十位數是將 10、20 等配上個位基礎數字，如「10（じゅう）」加上「1（いち）」就是「11（じゅういち）」。個位數為 4、7、9 時分別有兩種念法都通用，但 4 通常念作「よん」、7 通常念作「なな」、9 通常念作「きゅう」。

十位數		
11	じゅういち	ju.u.i.chi.
12	じゅうに	ju.u.ni.
13	じゅうさん	ju.u.sa.n.
14	じゅうよん／じゅうし	ju.u.yo.n./ju.u.shi.
15	じゅうご	ju.u.go.

16	じゅうろく	ju.u.ro.ku.
17	じゅうしち／ じゅうなな	ju.u.shi.chi./ju.u.na.na.
18	じゅうはち	ju.u.ha.chi.
19	じゅうきゅう／ じゅうく	ju.u.kyu.u./ju.u.ku.
20	にじゅう	ni.ju.u.
21	にじゅういち	ni.ju.u.i.chi.
22	にじゅうに	ni.ju.u.ni.
23	にじゅうさん	ni.ju.u.sa.n.
24	にじゅうよん／ にじゅうし	ni.ju.u.yo.n./ni.ju.u.shi.
25	にじゅうご	ni.ju.u.go.
26	にじゅうろく	ni.ju.u.ro.ku.
27	にじゅうしち／ にじゅうなな	ni.ju.u.shi.chi./ ni.ju.u.na.na.
28	にじゅうはち	ni.ju.u.ha.chi.
29	にじゅうきゅう／ にじゅうく	ni.ju.u.kyu.u./ ni.ju.u.ku.
30	さんじゅう	sa.n.ju.u.
31	さんじゅういち	sa.n.ju.u.i.chi.
32	さんじゅうに	sa.n.ju.u.ni.
33	さんじゅうさん	sa.n.ju.u.sa.n.

34	さんじゅうよん／ さんじゅうし	sa.n.ju.u.yo.n./ sa.n.ju.u.shi.
35	さんじゅうご	sa.n.ju.u.go.
36	さんじゅうろく	sa.n.ju.u.ro.ku.
37	さんじゅうしち／ さんじゅうなな	sa.n.ju.u.shi.chi./ sa.n.ju.u.na.na.
38	さんじゅうはち	sa.n.ju.u.ha.chi.
39	さんじゅうきゅう／ さんじゅうく	sa.n.ju.u.kyu.u./ sa.n.ju.u.ku.
40	よんじゅう	yo.n.ju.u.
41	よんじゅういち	yo.n.ju.u.i.chi.
42	よんじゅうに	yo.n.ju.u.ni.
43	よんじゅうさん	yo.n.ju.u.sa.n.
44	よんじゅうよん／ よんじゅうし	sa.n.ju.u.yo.n./ sa.n.ju.u.shi.
45	よんじゅうご	sa.n.ju.u.go.
46	よんじゅうろく	sa.n.ju.u.ro.ku.
47	よんじゅうしち／ よんじゅうなな	sa.n.ju.u.shi.chi./ sa.n.ju.u.na.na.
48	よんじゅうはち	yo.n.ju.u.ha.chi.
49	よんじゅうきゅう／ よんじゅうく	yo.n.ju.u.kyu.u./ yo.n.ju.u.ku.
50	ごじゅう	go.ju.u.
51	ごじゅういち	go.ju.u.i.chi.

52	ごじゅうに	go.ju.u.ni.
53	ごじゅうさん	go.ju.u.sa.n.
54	ごじゅうよん／ ごじゅうし	go.ju.u.yo.n./ go.ju.u.shi.
55	ごじゅうご	go.ju.u.go.
56	ごじゅうろく	go.ju.u.ro.ku.
57	ごじゅうしち／ ごじゅうなな	go.ju.u.shi.chi./ go.ju.u.na.na.
58	ごじゅうはち	go.ju.u.ha.chi.
59	ごじゅうきゅう／ ごじゅうく	go.ju.u.kyu.u./ go.ju.u.ku.
60	ろくじゅう	ro.ku.ju.u.
61	ろくじゅういち	ro.ku.ju.u.i.chi.
62	ろくじゅうに	ro.ku.ju.u.ni.
63	ろくじゅうさん	ro.ku.ju.u.sa.n.
64	ろくじゅうよん／ ろくじゅうし	ro.ku.ju.u.yo.n./ ro.ku.ju.u.shi.
65	ろくじゅうご	ro.ku.ju.u.go.
66	ろくじゅうろく	ro.ku.ju.u.ro.ku.
67	ろくじゅうしち／ ろくじゅうなな	ro.ku.ju.u.shi.chi./ ro.ku.ju.u.na.na.
68	ろくじゅうはち	ro.ku.ju.u.ha.chi.
69	ろくじゅうきゅう／ ろくじゅうく	ro.ku.ju.u.kyu.u./ ro.ku.ju.u.ku.

70	ななじゅう	na.na.ju.u.
71	ななじゅういち	na.na.ju.u.i.chi.
72	ななじゅうに	na.na.ju.u.ni.
73	ななじゅうさん	na.na.ju.u.sa.n.
74	ななじゅうよん／ ななじゅうし	na.na.ju.u.yo.n./ na.na.ju.u.shi.
75	ななじゅうご	na.na.ju.u.go.
76	ななじゅうろく	na.na.ju.u.ro.ku.
77	ななじゅうしち／ ななじゅうなな	na.na.ju.u.shi.chi./ na.na.ju.u.na.na.
78	ななじゅうはち	na.na.ju.u.ha.chi.
79	ななじゅうきゅう／ ななじゅうく	na.na.ju.u.kyu.u./ na.na.ju.u.ku.
80	はちじゅう	ha.chi.ju.u.
81	はちじゅういち	ha.chi.ju.u.i.chi.
82	はちじゅうに	ha.chi.ju.u.ni.
83	はちじゅうさん	ha.chi.ju.u.sa.n.
84	はちじゅうよん／ はちじゅうし	ha.chi.ju.u.yo.n./ ha.chi.ju.u.shi.
85	はちじゅうご	ha.chi.ju.u.go.
86	はちじゅうろく	ha.chi.ju.u.ro.ku.
87	はちじゅうしち／ はちじゅうなな	ha.chi.ju.u.shi.chi./ ha.chi.ju.u.na.na.

88	はちじゅうはち	ha.chi.ju.u.ha.chi.
89	はちじゅうきゅう／はちじゅうく	ha.chi.ju.u.kyu./ ha.chi.ju.u.ku.
90	きゅうじゅう	kyu.u.ju.u.
91	きゅうじゅういち	kyu.u.ju.u.i.chi.
92	きゅうじゅうに	kyu.u.ju.u.ni.
93	きゅうじゅうさん	kyu.u.ju.u.sa.n.
94	きゅうじゅうよん／きゅうじゅうし	kyu.u.ju.u.yo.n./ kyu.u.ju.u.shi.
95	きゅうじゅうご	kyu.u.ju.u.go.
96	きゅうじゅうろく	kyu.u.ju.u.ro.ku.
97	きゅうじゅうしち／きゅうじゅうなな	kyu.u.ju.u.shi.chi./ kyu.u.ju.u.na.na.
98	きゅうじゅうはち	kyu.u.ju.u.ha.chi.
99	きゅうじゅうきゅう／きゅうじゅうく	kyu.u.ju.u.kyu.u./ kyu.u.ju.u.ku.

【百位數】

說明

三位數字時只要將百位數配上後面的兩位數念，若十位數為 0 則只需要念個位數。如「212（にひゃくじゅうに）」則是「200（にひゃく）」加上「12（じゅうに）」。而「505（ごひゃくご）」，只要念「500（ごひゃく）」加上個位數「5（ご）」，中間 0 不發音，以此類推。

「100」念作「ひゃく」(1 不發音)，漢字是「百」。101 的念法是「ひゃくいち」，即「100（ひゃく）」加上「1（いち）」，其中十位數的 0 不發音。101~199 皆是以此規則進行，將「100（ひゃく）」加上後方數字即完成。

※「100」、「300」、「600」、「800」為特殊念法。

百位數		
100	ひゃく	hya.ku.
101	ひゃくいち	kya.ku.i.chi.
200	にひゃく	ni.hya.ku.
202	にひゃくに	ni.hya.ku.ni.
300	さんびゃく	sa.n.bya.ku.
400	よんひゃく	yo.n.hya.ku.
500	ごひゃく	go.hya.ku.
600	ろっぴゃく	ro.ppya.ku.
700	ななひゃく	na.na.hya.ku.
800	はっぴゃく	ha.ppya.ku.
900	きゅうひゃく	kyu.u.hya.ku.

【千位數】

說 明

千位數的規則和百位數一樣，將千位的單字加上後方數字一起念，0則不發音。如「1100（せんひゃく）」就是「1000（せん）」加上「100（ひゃく）」。「2012（にせんじゅうに）」則為「2000（にせん）」加上「12（じゅうに）」，百位數的「0」不發音。

※「1000」、「3000」、「8000」為特殊念法。

千位數		
1000	せん	se.n.
1001	せんいち	se.n.i.chi.
2000	にせん	ni.se.n.
2025	にせんにじゅうご	ni.se.n.ni.ju.u.go.
3000	さんぜん	sa.n.ze.n.
3300	さんぜんさんびゃく	sa.n.ze.n.sa.n.bya.ku.
4000	よんせん	yo.n.se.n.
5000	ごせん	go.se.n.
6000	ろくせん	ro.ku.se.n.
7000	ななせん	na.na.se.n.
8000	はっせん	ha.sse.n.
9000	きゅうせん	kyu.u.se.n.

【萬位數】

說明

萬位數同樣是將萬位加上後面的數字，0 的部分不發音。如「22000（にまんにせん）」是「20000（にまん）」加上「2000（にせん）」。而「10100（いちまんひゃく）」為「10000（いちまん）」加上「100（ひゃく）」，千位數的 0 不發音。

畫重點

「10000」的 1 要發音，念作「いちまん」。萬位數後面加上整數「1000」的話，「1000」要念作「いっせん」，非整數的話就還是念「せん」。

萬位數		
10000	いちまん	i.chi.ma.n.
12000	いちまんにせん	i.chi.ma.n.ni.se.n.
20000	にまん	ni.ma.n.
21000	にまんいっせん	ni.ma.n.i.sse.n.
30000	さんまん	sa.n.ma.n.
31100	さんまんせんひゃく	sa.n.ma.n.se.n.hya.ku.
40000	よんまん	yo.n.ma.n.
50000	ごまん	go.ma.n.
60000	ろくまん	ro.ku.ma.n.
70000	ななまん	na.na.ma.n.
80000	はちまん	ha.chi.ma.n.
90000	きゅうまん	kyu.u.ma.n.

【時間 - 時】

說明

表示幾點幾分的「幾點」，是在數字後面加上「時（じ）」。若要表示上下午時間，可以加上「午前（ごぜん）」(上午)和「午後（ごご）」(下午)。

時		
0點	0時（れいじ）	re.i.ji.
1點	1時（いちじ）	i.chi.ji.
2點	2時（にじ）	ni.ji.
3點	3時（さんじ）	sa.n.ji.
4點	4時（よじ）	yo.ji.
5點	5時（ごじ）	go.ji.
6點	6時（ろくじ）	ro.ku.ji.
7點	7時（しちじ）	shi.chi.ji.
8點	8時（はちじ）	ha.chi.ji.
9點	9時（くじ）	ku.ji.
10點	10時（じゅうじ）	ju.u.ji.
11點	11時（じゅういちじ）	ju.u.i.chi.ji.
12點	12時（じゅうにじ）	ju.u.ni.ji.
幾點	何時（なんじ）	na.n.ji.

【時間 - 分】

說明

以下列出時間 1~10 分的說法，而 11 分 ~60 分，則是把十位數加上個位分鐘。如「2 3 分（にじゅうさんぷん）」即是「20（にじゅう）」加上「3 分（さんぷん）」。

另外也有「半（はん）」的說法，像是「2 點半」日文則是「2 時半（にじはん）」。

分		
1 分	いっぷん 1 分	i.ppu.n.
2 分	にふん 2 分	ni.fu.n.
3 分	さんぷん 3 分	sa.n.pu.n.
4 分	よんぷん 4 分	yo.n.pu.n.
5 分	ごふん 5 分	go.fu.n.
6 分	ろっぷん 6 分	ro.ppu.n.
7 分	しちふん　ななふん 7 分／7 分	shi.chi.fu.n./na.na.fu.n.
8 分	はっぷん 8 分	ha.ppu.n.
9 分	きゅうふん 9 分	kyu.u.fu.n.
10 分	じっぷん　じゅっぷん 10 分／10 分	ji.ppu.n./ju.ppu.n.
幾分	なんぷん 何分	na.n.pu.n.
幾分鐘 (表示時間長度)	なんぷんかん 何分間	na.n.pu.n.ka.n.
半	はん 半	ha.n.

【時間 - 早中晚】

說明

表達早中晚後面加上幾點幾分，可詳細說明時間，如早上４點，可以說「朝(あさ)４時(よじ)」。

早中晚		
上午	午前(ごぜん)	go.ze.n.
下午	午後(ごご)	go.go.
早上	朝(あさ)	a.sa.
白天	昼(ひる)	hi.ru.
晚上	夜(よる)	yo.ru.
深夜	夜中(よなか)	yo.na.ka.
傍晚	夕方(ゆうがた)	yu.u.ga.ta.

【月份】

說明

「～月(がつ)」是表示月份，如要表示時間長度幾個月的話，則是用「～ヶ月(かげつ)」。

月份		
1月	1月(いちがつ)	i.chi.ga.tsu.
2月	2月(にがつ)	ni.ga.tsu.
3月	3月(さんがつ)	sa.n.ga.tsu.

4月	4月（しがつ）	shi.ga.tsu.
5月	5月（ごがつ）	go.ga.tsu.
6月	6月（ろくがつ）	ro.ku.ga.tsu.
7月	7月（しちがつ）	shi.chi.ga.tsu.
8月	8月（はちがつ）	ha.chi.ga.tsu.
9月	9月（くがつ）	ku.ga.tsu.
10月	10月（じゅうがつ）	ju.u.ga.tsu.
11月	11月（じゅういちがつ）	ju.u.i.chi.ga.tsu.
12月	12月（じゅうにがつ）	ju.u.ni.ji.ga.tsu.
哪個月	何月（なんがつ）	na.n.ga.tsu.

【日期】

1 ~ 10日、20日是特殊念法，其他的日期則是需注意4、7結尾的日期念法較特別。

日期		
1日	1日（ついたち）	tsu.i.ta.chi.
2日	2日（ふつか）	fu.tsu.ka.
3日	3日（みっか）	mi.kka.
4日	4日（よっか）	yo.kka.

5日	いつか 5日	i.tsu.ka.
6日	むいか 6日	mu.i.ka.
7日	なのか 7日	na.no.ka.
8日	ようか 8日	yo.u.ka.
9日	ここのか 9日	ko.ko.no.ka.
10日	とおか 10日	to.o.ka.
11日	じゅういちにち １１日	ju.u.i.chi.ni.chi.
12日	じゅうににち １２日	ju.u.ni.ni.chi.
13日	じゅうさんにち １３日	ju.u.sa.n.ni.chi.
14日	じゅうよっか １４日	ju.u.yo.kka.
15日	じゅうごにち １５日	ju.u.go.ni.chi.
16日	じゅうろくにち １６日	ju.u.ro.ku.ni.chi.
17日	じゅうしちにち　じゅうななにち １７日／１７日	ju.u.shi.chi.ni.chi./ju.u.na.na.ni.chi.
18日	じゅうはちにち １８日	ju.u.ha.chi.ni.chi.
19日	じゅうくにち １９日	ju.u.ku.ni.chi.
20日	はつか 20日	ha.tsu.ka.
21日	にじゅういちにち ２１日	ni.ju.u.i.chi.ni.chi.
22日	にじゅうににち ２２日	ni.ju.u.ni.ni.chi.

23日	にじゅうさんにち 23日	ni.ju.u.sa.n.ni.chi.
24日	にじゅうよっか 24日	ni.ju.u.yo.kka.
25日	にじゅうごにち 25日	ni.ju.u.go.ni.chi.
26日	にじゅうろくにち 26日	ni.ju.u.ro.ku.ni.chi.
27日	にじゅうしちにち にじゅうななにち 27日／27日	ni.ju.u.shi.chi.ni.chi./ ni.ju.u.na.na.ni.chi.
28日	にじゅうはちにち 28日	ni.ju.u.ha.chi.ni.chi.
29日	にじゅうくにち 29日	ni.ju.u.ku.ni.chi.
30日	さんじゅうにち 30日	sa.n.ju.u.ni.chi.
31日	さんじゅういちにち 31日	sa.n.ju.u.i.chi.ni.chi.
幾日	なんにち 何日	na.n.ni.chi.

【星期】

日文星期不是用日～五的數字來排列，而是依「日月水火木金土」的順序加上「曜日（ようび）」，有時也會省略「曜日」只用日月火水等單字來表示星期幾。

星期		
星期日	にちようび 日曜日	ni.chi.yo.u.bi.
星期一	げつようび 月曜日	ge.tsu.yo.u.bi.
星期二	かようび 火曜日	ka.yo.u.bi.
星期三	すいようび 水曜日	su.i.yo.u.bi.

星期四	木曜日（もくようび）	mo.ku.yo.u.bi.
星期五	金曜日（きんようび）	ki.n.yo.u.bi.
星期六	土曜日（どようび）	do.yo.u.bi.
星期幾	何曜日（なんようび）	na.n.yo.u.bi.

【表示時間點】

時間點		
今天	今日（きょう）	kyo.u.
昨天	昨日（きのう）	ki.no.u.
前天	一昨日（おととい）	o.to.to.i.
明天	明日（あした）	a.shi.ta.
後天	あさって	a.sa.tte.
去年	去年（きょねん）	kyo.ne.n.
今年	今年（ことし）	ko.to.shi.
明年	来年（らいねん）	ra.i.ne.n.
上個月	先月（せんげつ）	se.n.ge.tsu.
這個月	今月（こんげつ）	ko.n.ge.tsu.
下個月	来月（らいげつ）	ra.i.ge.tsu.
上週	先週（せんしゅう）	se.n.shu.u.

這週	今週(こんしゅう)	ko.n.shu.u.
下週	来週(らいしゅう)	ra.i.shu.u.
之前	前(まえ)	ma.e.
之後	あと	a.to.
(某個時間長度)左右	くらい/ぐらい	ku.ra.i./gu.ra.i.
(某個時間點)左右	ごろ	go.ro.

【時間長度】

時間長度的詳細單位用法，可參考後面助數詞介紹。

時間長度		
1個小時	1時間(いちじかん)	i.chi.ji.ka.n.
1個星期	1週間(いっしゅうかん)	i.sshu.u.ka.n.
1個月	1ヶ月(いっかげつ)	i.kka.ge.tsu.
1年	1年(いちねん)	i.chi.ne.n.
半小時	半時間(はんじかん)	ha.n.ji.ka.n.
半天	半日(はんにち)	ha.n.ni.chi.
半個月	半月(はんつき)	ha.n.tsu.ki.
半年	半年(はんとし)	ha.n.to.shi.
每天	毎日(まいにち)	ma.i.ni.chi.

每週	まいしゅう 毎週	ma.i.shu.u.
每個月	まいつき 毎月	ma.i.tsu.ki.
每年	まいとし 毎年	ma.i.to.shi.

【助數詞】

說明

助數詞是放在數字後面表示種類或單位的接尾語。比方說「3回（さんかい）」(3次)、「2杯（にはい）」的「回（かい）」和「杯（はい）」就是助數詞。

畫重點

有些數字會有2種不同的念法，如4、7、9；而有些數字接了助數詞後，會改變數字的念法，通常發生在「1、3、6、8、10」這幾個數字，可稍加留意。

じかん 時間：計算小時的單位		
1小時	いちじかん 1時間	i.chi.ji.ka.n.
2小時	にじかん 2時間	ni.ji.ka.n.
3小時	さんじかん 3時間	sa.n.ji.ka.n.
4小時	よじかん 4時間	yo.ji.ka.n.
5小時	ごじかん 5時間	go.ji.ka.n.
6小時	ろくじかん 6時間	ro.ku.ji.ka.n.
7小時	しちじかん　ななじかん 7時間／7時間	shi.chi.ji.ka.n./na.na.ji.ka.n.
8小時	はちじかん 8時間	ha.chi.ji.ka.n.

9 小時	くじかん 9 時間／きゅうじかん 9 時間	ku.ji.ka.n./kyu.u.ji.ka.n.
10 小時	じゅうじかん 10 時間	ju.u.ji.ka.n.
幾個小時	なんじかん 何時間	na.n.ji.ka.n.

年（ねん）：也可以在年（ねん）的後面加上「間（かん）」，來表示持續數年的期間		
1 年	いちねん 1 年	i.chi.ne.n.
2 年	にねん 2 年	ni.ne.n.
3 年	さんねん 3 年	sa.n.ne.n.
4 年	よねん 4 年	yo.ne.n.
5 年	ごねん 5 年	go.ne.n.
6 年	ろくねん 6 年	ro.ku.ne.n.
7 年	しちねん 7 年／ななねん 7 年	shi.chi.ne.n./na.na.ne.n.
8 年	はちねん 8 年	ha.chi.ne.n.
9 年	きゅうねん 9 年／くねん 9 年	kyu.u.ne.n./ku.ne.n.
10 年	じゅうねん 10 年	ju.u.ne.n.
幾年	なんねん 何年	na.n.ne.n.
幾年 (問持續長度)	なんねんかん 何年間	na.n.ne.n.ka.n.

動詞分類篇 動詞進階篇 副詞篇 數字時間篇 文法補充篇 單字附錄

日（にち）：日數和日期念法有些不同，日（にち）的後面加上「間（かん）」，表示持續數天的期間

1 天	いちにち 1 日	i.chi.ni.chi.
2 天	ふつかかん 2 日間	fu.tsu.ka.ka.n.
3 天	みっかかん 3 日間	mi.kka.ka.n.
2、3 天	に　さんにち 2、3 日	ni.sa.n.ni.chi.
4 天	よっかかん 4 日間	yo.kka.ka.n.
3、4 天	さん　よっか 3、4 日	sa.n.yo.kka.
4、5 天	し　ごにち 4、5 日	shi.go.ni.chi.
5 天	いつかかん 5 日間	i.tsu.ka.ka.n.
6 天	むいかかん 6 日間	mu.i.ka.ka.n.
7 天	なのかかん 7 日間	na.no.ka.ka.n.
8 天	ようかかん 8 日間	yo.u.ka.ka.n.
9 天	ここのかかん 9 日間	ko.ko.no.ka.ka.n.
10 天	とおかかん 10 日間	to.o.ka.ka.n.
11 天	じゅういちにちかん 11 日間	ju.u.i.chi.ni.chi.ka.n.
哪一天 / 幾天	なんにち 何日	na.n.ni.chi.
幾天	なんにちかん 何日間	na.n.ni.chi.ka.n.

週間（しゅうかん）

1星期	1週間（いっしゅうかん）	i.sshu.u.ka.n.
2星期	2週間（にしゅうかん）	ni.shu.u.ka.n.
3星期	3週間（さんしゅうかん）	sa.n.shu.u.ka.n.
4星期	4週間（よんしゅうかん）	yo.n.shu.u.ka.n.
5星期	5週間（ごしゅうかん）	go.shu.u.ka.n.
6星期	6週間（ろくしゅうかん）	ro.ku.shu.u.ka.n.
7星期	7週間（ななしゅうかん）／7週間（しちしゅうかん）	na.na.shu.u.ka.n./ shi.chi.shu.u.ka.n.
8星期	8週間（はちしゅうかん）／8週間（はっしゅうかん）	ha.chi.shu.u.ka.n./ ha.sshu.u.ka.n.
9星期	9週間（きゅうしゅうかん）	kyu.u.shu.u.ka.n.
10星期	10週間（じゅっしゅうかん）／10週間（じっしゅうかん）	ju.sshu.u.ka.n./ ji.sshu.u.ka.n.
幾星期	何週間（なんしゅうかん）	na.n.shu.u.ka.n.

人数（にんずう）

1人	1人（ひとり）	hi.to.ri.
2人	2人（ふたり）	fu.ta.ri.
3人	3人（さんにん）	sa.n.ni.n.
4人	4人（よにん）	yo.ni.n.

5人	5人（ごにん）	go.ni.n.
6人	6人（ろくにん）	ro.ku.ni.n.
7人	7人（しちにん）／7人（ななにん）	shi.chi.ni.n./na.na.ni.n.
8人	8人（はちにん）	ha.chi.ni.n.
9人	9人（きゅうにん）	kyu.u.ni.n.
10人	10人（じゅうにん）	ju.u.ni.n.
11人	11人（じゅういちにん）	ju.u.i.chi.ni.n.
12人	12人（じゅうににん）	ju.u.ni.ni.n.
幾個人	何人（なんにん）	na.n.ni.n.

円（えん）：日圓的單位。美元是「ドル」，台幣是「元（げん）」或「台湾（たいわん）ドル」

1日圓	1円（いちえん）	i.chi.e.n.
2日圓	2円（にえん）	ni.e.n.
3日圓	3円（さんえん）	sa.n.e.n.
4日圓	4円（よえん）	yo.e.n.
5日圓	5円（ごえん）	go.e.n.
6日圓	6円（ろくえん）	ro.ku.e.n.
7日圓	7円（ななえん）／7円（しちえん）	na.na.e.n./shi.chi.e.n.

8 日圓	はちえん 8 円	ha.chi.e.n.
9 日圓	きゅうえん 9 円	kyu.u.e.n.
10 日圓	じゅうえん 10 円	ju.u.e.n.
多少錢	いくら	i.ku.ra.

度（ど）**：**可以用來表示次數，也可以用來表示度數

1 次 / 度	いちど 1 度	i.chi.do.
2 次 / 度	にど 2 度	ni.do.
3 次 / 度	さんど 3 度	sa.n.do.
4 次 / 度	よんど 4 度	yo.n.do.
5 次 / 度	ごど 5 度	go.do.
6 次 / 度	ろくど 6 度	ro.ku.do.
7 次 / 度	ななど 7 度／しちど 7 度	na.na.do./shi.chi.do.
8 次 / 度	はちど 8 度	ha.chi.do.
9 次 / 度	きゅうど 9 度	kyu.u.do.
10 次 / 度	じゅうど 10 度	ju.u.do.
幾次 / 幾度	なんど 何度	na.n.do.

台（だい）：計算汽車或機械的助數詞		
1台	1台（いちだい）	i.chi.da.i.
2台	2台（にだい）	ni.da.i.
3台	3台（さんだい）	sa.n.da.i.
4台	4台（よんだい）	yo.n.da.i.
5台	5台（ごだい）	go.da.i.
6台	6台（ろくだい）	ro.ku.da.i.
7台	7台（ななだい）／7台（しちだい）	na.na.da.i./shi.chi.da.i.
8台	8台（はちだい）	ha.chi.da.i.
9台	9台（きゅうだい）	kyu.u.da.i.
10台	10台（じゅうだい）	ju.u.da.i.
幾台	何台（なんだい）	na.n.da.i.

枚（まい）：計算薄片狀物品，例如紙類、手帕、襯衫、盤子、車票...等		
1張 / 片 / 件	1枚（いちまい）	i.chi.ma.i.
2張 / 片 / 件	2枚（にまい）	ni.ma.i.
3張 / 片 / 件	3枚（さんまい）	sa.n.ma.i.
4張 / 片 / 件	4枚（よんまい）	yo.n.ma.i.

5 張 / 片 / 件	ごまい 5 枚	go.ma.i.
6 張 / 片 / 件	ろくまい 6 枚	ro.ku.ma.i.
7 張 / 片 / 件	ななまい　しちまい 7 枚／7 枚	na.na.ma.i./shi.chi.ma.i.
8 張 / 片 / 件	はちまい 8 枚	ha.chi.ma.i.
9 張 / 片 / 件	きゅうまい 9 枚	kyu.u.ma.i.
10 張 / 片 / 件	じゅうまい 10 枚	ju.u.ma.i.
幾張 / 幾片 / 幾件	なんまい 何枚	na.n.ma.i.

つ：傳統日式計算個數的說法，數量超過 10 以上則用「～個（こ）」		
1 個	ひと 1 つ	hi.to.tsu.
2 個	ふた 2 つ	fu.ta.tsu.
3 個	みっ 3 つ	mi.ttsu.
4 個	よっ 4 つ	yo.ttsu.
5 個	いつ 5 つ	i.tsu.tsu.
6 個	むっ 6 つ	mu.ttsu.
7 個	なな 7 つ	na.na.tsu.
8 個	やっ 8 つ	ya.ttsu.
9 個	ここの 9 つ	ko.ko.no.tsu.

10 個	とお 10	to.o.
幾個	いくつ	i.ku.tsu.

個（こ）：除了前面的「～つ」之外，計算個數的另一種助數詞

1 個	いっこ 1 個	i.kko.
2 個	に こ 2 個	ni.ko.
3 個	さんこ 3 個	sa.n.ko.
4 個	よんこ 4 個	yo.n.ko.
5 個	ご こ 5 個	go.ko.
6 個	ろっこ 6 個	ro.kko.
7 個	ななこ しちこ 7 個／7 個	na.na.ko./shi.chi.ko.
8 個	はっこ はちこ 8 個／8 個	ha.kko./ha.chi.ko.
9 個	きゅうこ 9 個	kyu.u.ko.
10 個	じ っ こ じゅっこ 10 個／10 個	ji.kko./ju.kko.
幾個	なんこ 何個	na.n.ko.

番（ばん）：表示順序、號碼的助數詞

第 1	いちばん 1 番	i.chi.ba.n.

MP3 126

第 2	2番（にばん）	ni.ba.n.
第 3	3番（さんばん）	sa.n.ba.n.
第 4	4番（よんばん）	yo.n.ba.n.
第 5	5番（ごばん）	go.ba.n.
第 6	6番（ろくばん）	ro.ku.ba.n.
第 7	7番（ななばん）／7番（しちばん）	na.na.ba.n./shi.chi.ba.n.
第 8	8番（はちばん）	ha.chi.ba.n.
第 9	9番（きゅうばん）	kyu.u.ba.n.
第 10	10番（じゅうばん）	ju.u.ba.n.
第幾 / 幾號	何番（なんばん）	na.n.ba.n.

杯（はい）：用來計算可裝入容器的飲料等液體

1 杯	1杯（いっぱい）	i.ppa.i.
2 杯	2杯（にはい）	ni.ha.i.
3 杯	3杯（さんばい）	sa.n.ba.i.
4 杯	4杯（よんはい）	yo.n.ha.i.
5 杯	5杯（ごはい）	go.ha.i.
6 杯	6杯（ろっぱい）	ro.ppa.i.

7 杯	ななはい／しちはい 7 杯／7 杯	na.na.ha.i./shi.chi.ha.i.
8 杯	はっぱい／はちはい 8 杯／8 杯	ha.ppa.i./ha.chi.ha.i.
9 杯	きゅうはい 9 杯	kyu.u.ha.i.
10 杯	じっぱい／じゅっぱい 10 杯／10 杯	ji.ppa.i./ju.ppa.i.
幾杯	なんばい 何杯	na.n.ba.i.

匹（びき）：計算動物的數量，如貓、狗等		
1 隻	いっぴき 1 匹	i.ppi.ki.
2 隻	にひき 2 匹	ni.hi.ki.
3 隻	さんびき 3 匹	sa.n.bi.ki.
4 隻	よんひき 4 匹	yo.n.hi.ki.
5 隻	ごひき 5 匹	go.hi.ki.
6 隻	ろっぴき 6 匹	ro.ppi.ki.
7 隻	しちひき／ななひき 7 匹／7 匹	shi.chi.hi.ki./na.na.hi.ki.
8 隻	はっぴき 8 匹	ha.ppi.ki.
9 隻	きゅうひき 9 匹	kyu.u.hi.ki.
10 隻	じっぴき／じゅっぴき 10 匹／10 匹	ji.ppi.ki./ju.ppi.ki.
幾隻	なんびき 何匹	na.n.bi.ki.

歳（さい）：年紀的單位。漢字也可以寫作「才（さい）」；20 歳有特殊的念法		
1 歳	1 歳（いっさい）	i.ssa.i.
2 歳	2 歳（にさい）	ni.sa.i.
3 歳	3 歳（さんさい）	sa.n.sa.i.
4 歳	4 歳（よんさい）	yo.n.sa.i.
5 歳	5 歳（ごさい）	go.sa.i.
6 歳	6 歳（ろくさい）	ro.ku.sa.i.
7 歳	7 歳（ななさい）	na.na.sa.i.
8 歳	8 歳（はっさい）	ha.ssa.i.
9 歳	9 歳（きゅうさい）	kyu.u.sa.i.
10 歳	10 歳（じっさい）／10 歳（じゅっさい）	ji.ssa.i./ju.ssa.i.
20 歳	20 歳（はたち）	ha.ta.chi.
30 歳	30 歳（さんじっさい）／30 歳（さんじゅっさい）	sa.n.ji.ssa.i./ sa.n.ju.ssa.i.
幾歲	何歳（なんさい）	na.n.sa.i.
幾歲	いくつ	i.ku.tsu.

回（かい）：表達次數、回合的單位		
1 回	1 回（いっかい）	i.kka.i.

2 回	2回（にかい）	ni.ka.i.
3 回	3回（さんかい）	sa.n.ka.i.
4 回	4回（よんかい）	yo.n.ka.i.
5 回	5回（ごかい）	go.ka.i.
6 回	6回（ろっかい）	ro.kka.i.
7 回	7回（ななかい）／7回（しちかい）	na.na.ka.i./shi.chi.ka.i.
8 回	8回（はっかい）／8回（はちかい）	ha.kka.i./ha.chi.ka.i.
9 回	9回（きゅうかい）	kyu.u.ka.i.
10 回	10回（じっかい）／10回（じゅっかい）	ji.kka.i./ju.kka.i.
幾回	何回（なんかい）	na.n.ka.i.

階（かい）：表示樓層的單位		
1 樓	1階（いっかい）	i.kka.i.
2 樓	2階（にかい）	ni.ka.i.
3 樓	3階（さんがい）	sa.n.ga.i.
4 樓	4階（よんかい）	yo.n.ka.i.
5 樓	5階（ごかい）	go.ka.i.
6 樓	6階（ろっかい）	ro.kka.i.

7 樓	7階（ななかい）／7階（しちかい）	na.na.ka.i./shi.chi.ka.i.
8 樓	8階（はちかい）／8階（はっかい）	ha.chi.ka.i./ha.kka.i.
9 樓	9階（きゅうかい）	kyu.u.ka.i.
10 樓	10階（じっかい）／10階（じゅっかい）	ji.kka.i./ju.kka.i.
幾樓	何階（なんがい）	na.n.ga.i.

本（ほん）：用於細長物品，如繩子、筆、傘、香蕉、瓶裝飲料...等。也用於計算電影、短片的單位		
1 根 / 支 / 條	1本（いっぽん）	i.ppo.n.
2 根 / 支 / 條	2本（にほん）	ni.ho.n.
3 根 / 支 / 條	3本（さんぼん）	sa.n.bo.n.
4 根 / 支 / 條	4本（よんほん）	yo.n.ho.n.
5 根 / 支 / 條	5本（ごほん）	go.ho.n.
6 根 / 支 / 條	6本（ろっぽん）	ro.ppo.n.
7 根 / 支 / 條	7本（ななほん）／7本（しちほん）	na.na.ho.n./shi.chi.ho.n.
8 根 / 支 / 條	8本（はっぽん）	ha.ppo.n.
9 根 / 支 / 條	9本（きゅうほん）	kyu.u.ho.n.
10 根 / 支 / 條	10本（じっぽん）／10本（じゅっぽん）	ji.ppo.n./ju.ppo.n.
幾根 / 幾支 / 幾條	何本（なんぼん）	na.n.bo.n.

冊（さつ）：計算書籍的單位		
1本	1冊（いっさつ）	i.ssa.tsu.
2本	2冊（にさつ）	ni.sa.tsu.
3本	3冊（さんさつ）	sa.n.sa.tsu.
4本	4冊（よんさつ）	yo.n.sa.tsu.
5本	5冊（ごさつ）	go.sa.tsu.
6本	6冊（ろくさつ）	ro.ku.sa.tsu.
7本	7冊（ななさつ）／7冊（しちさつ）	na.na.sa.tsu./shi.chi.sa.tsu.
8本	8冊（はちさつ）／8冊（はっさつ）	ha.chi.sa.tsu./ha.ssa.tsu.
9本	9冊（きゅうさつ）	kyu.u.sa.tsu.
10本	10冊（じっさつ）／10冊（じゅっさつ）	ji.ssa.tsu./ju.sa.ttsu.
幾本	何冊（なんさつ）	na.n.sa.tsu.

文法補給站

助數詞的用法

說明

要表示可數名詞的數量時，就會用到助數詞，例如有幾枝筆、幾張紙。日語的文法是將名詞放前面，數量和助數詞在後面，像是「ぺんが5本（ごほん）あります」(有5枝筆)。

畫重點

助數詞的使用方式如下：
可數名詞 + を / が + 數量及助數詞

例句

シャツを1枚（いちまい）買（か）いました。
sha.tsu.o./i.chi.ma.i./ka.i.ma.shi.ta.
買了1件襯衫。

ビールを2本（にほん）開（あ）けました。
bi.i.ru.o./ni.ho.n./a.ke.ma.shi.ta.
開了2瓶啤酒。

紅茶（こうちゃ）を1杯（いっぱい）ください。
ko.u.cha.o./i.ppa.i./ku.da.sai.
請給我一杯紅茶。

庭（にわ）に猫（ねこ）が3匹（さんびき）います。
ni.wa.ni./ne.ko.ga./sa.n.bi.ki./i.ma.su.
院子裡有3隻貓。

ケーキが3（みっ）つとフォークが1本（いっぽん）あります。
ke.e.ki.ga./mi.ttsu.to./fo.o.ku.ga./i.ppo.n./a.ri.ma.su.
有3塊蛋糕和1支叉子。(表達2個名詞以上時用「と」連結)

保證得分！日檢 言語知識 N5 文法・文字・語彙

文法補充篇

接續詞

說明

接續詞日語是「接続詞（せつぞくし）」，也就是連接詞；是用來承接前後兩個句子，而依照作用的不同，可以分為順接、逆接、添加、順序等。接續詞本身沒有形式上的變化，也可以單獨存在。

畫重點

順接 (因果關係)：ですから
逆接 (相反結果)：しかし、でも
添加 (而且)：そして、それに
順序 (動作先後)：それから、そして

ですから - 因此

說明

在助詞篇中學過「から」是用來表示原因，「ですから」也是一樣的意思。前後兩個句子，具有順理成章的因果關係時，就在第二個句子的開頭用「ですから」來表示「因為如此所以...」。

畫重點

句子 A(原因)。ですから + 句子 B(結果)

例句

時間（じかん）がありません。ですからタクシーで行（い）きます。
ji.ka.n.ga./a.ri.ma.se.n./de.su.ka.ra./ta.ku.shi.i.de./i.ki.ma.su.
沒時間了。因此要搭計程車去。

疲（つか）れています。ですから夜（よる）はすぐに寝（ね）ます。
tsu.ka.re.te./i.ma.su./de.su.ka.ra./yo.ru.wa./su.gu.ni./ne.ma.su.
很累。因此晚上很快就睡著。

お金がありません。ですから新しい自転車を買うことができません。
o.ka.ne.ga./a.ri.ma.se.n./de.su.ka.ra./a.ta.ra.shi.i./ji.te.n.sha.o./ka.u.ko.to.ga./de.ki.ma.se.n.
沒有錢。因此不能買新腳踏車。

よく日本へ行きます。ですから日本語を勉強しています。
yo.ku./ni.ho.n.e./i.ki.ma.su./de.su.ka.ra./ni.ho.n.go.o./be.n.kyo.u.shi.te./i.ma.su.
常去日本。因此正在學習日文。

しかし / でも - 可是

說明

前後的句子為出乎意料或是相反內容時，就使用「しかし」來連接兩個句子。用法是把「しかし」放在第二個句子的開頭。「でも」也是相同的意思和用法，但是較為口語，「しかし」則用在文章或是比較正式的場合。

例句

わたしは猫が好きです。しかし、夫は犬が好きです。
wa.ta.shi.wa./ne.ko.ga./su.ki.de.su./shi.ka.shi./o.tto.wa./i.nu.ga./su.ki.de.su.
我喜歡貓。但丈夫喜歡狗。

走っていきました。しかし、間に合いませんでした。
ha.shi.tte./i.ki.ma.shi.ta./shi.ka.shi./ma.ni.a.i.ma.se.n.de.shi.ta.
用跑的去。但是來不及。(間に合います：來得及)

風邪を引きました。でも仕事に行きます。
ka.ze.o./hi.ki.ma.shi.ta./de.mo./shi.go.to.ni./i.ki.ma.su.
感冒了。但會去工作。

友達は行きません。でもわたしは行きます。
to.mo.da.chi.wa./i.ki.ma.se.n./de.mo./wa.ta.shi.wa./i.ki.ma.su.
朋友不去。但是我會去。

おなかがいっぱいです。でもデザートは食べます。
o.na.ka.ga./i.ppa.i.de.su./de.mo./de.za.a.to.wa./ta.be.ma.su.
吃得很飽。但是要吃甜點。

それに - 而且

說明

「それに」是「而且」的意思。用來補充或追加前一個句子敘述的事物。

例句

今朝はパンとたまごを食べました。それにフルーツも食べました。
ke.sa.wa./pa.n.to./ta.ma.go.o./ta.be.ma.shi.ta./so.re.ni./fu.ru.u.tsu.mo./ta.be.ma.shi.ta.
今早吃了麵包和蛋。還吃了水果。

りんごはおいしいです。それに体にいいです。
ri.n.go.wa./o.i.shi.i.de.su./so.re.ni./ka.ra.da.ni./i.i.de.su.
蘋果很好吃。而且對身體好。

このお菓子はおいしいです。それに安いです。
ko.no./o.ka.shi.wa./o.i.shi.i.de.su./so.re.ni./ya.su.i.de.su.
這個甜點很好吃。而且很便宜。

この家は交通が便利です。それに家賃も安いです。
ko.no./i.e.wa./ko.u.tsu.u.ga./be.n.ri.de.su./so.re.ni./ya.chi.n.mo./ya.su.i.de.su.
這房子交通方便。而且房租便宜。

それから / そして - 然後

說明

「それから」、「そして」是用來表達事情發生的先後順序。「それから」通常是用於第二件事立刻發生在第一件事之後。「そして」則是前後句子雖然有時間順序，但可能是隔了一段時間，不一定要馬上接著發生。

例句

部屋を掃除しました。それからお風呂に入りました。
he.ya.o./so.u.ji.shi.ma.shi.ta./so.re.ka.ra./o.fu.ro.ni./ha.i.ri.ma.shi.ta.
打掃了房間。然後洗了澡。

今晩、友達と食事します。それからコンサートに行きます。
ko.n.ba.n./to.mo.da.chi.to./sho.ku.ji.shi.ma.su./so.re.ka.ra./ko.n.sa.a.to.ni./i.ki.ma.su.
今晚要和朋友吃飯。然後去看演唱會。

祖父に電話しました。それから 30 分も話しました。
so.fu.ni./de.n.wa./shi.ma.shi.ta./so.re.ka.ra./sa.n.ju.ppu.n.mo./ha.na.shi.ma.shi.ta.
打電話給祖父。然後聊了 30 分鐘。

きのうは 6 時に起きました。そして夜 10 時に寝ました。
ki.no.u.wa./ro.ku.ji.ni./o.ki.ma.shi.ta./so.shi.te./yo.ru.ju.u.ji.ni./ne.ma.shi.ta.
昨天 6 點起床。然後晚上 10 點睡覺。

デパートへ行きました。そして新しい靴を買いました。
de.pa.a.to.e./i.ki.ma.shi.ta./so.shi.te./a.ta.ra.shi.i./ku.tsu.o./ka.i.ma.shi.ta.
去了百貨公司。然後買了鞋子。

文法補給站

「が」和「でも」

說明

前面學過助詞「が」的眾多用法中，有一個是「可是」的意思（參考第130頁），用在句子中間連接前後相反的敘述。和連接詞「でも」不同的是，「が」是用於一個句子中間，屬於「接續助詞」，而「でも」則是用在兩個句子的第二句開頭，屬於接續詞。

例句

このコートはきれいですが、とても高（たか）いです。
ko.no./ko.o.to.wa./ki.re.i.de.su.ga./to.te.mo./ta.ka.i.de.su.
這件外套雖然好看，但很貴。

このコートはきれいです。でもとても高（たか）いです。
ko.no./ko.o.to.wa./ki.re.i.de.su./de.mo./to.te.mo./ta.ka.i.de.su.
這件外套很好看。但是很貴。

スーパーに行（い）きましたが、何（なに）も買（か）いませんでした。
su.u.pa.a.ni./i.ki.ma.shi.ta.ga./na.ni.mo./ka.i.ma.se.n.de.shi.ta.
去了超市但什麼也沒買。

スーパーに行（い）きました。でも何（なに）も買（か）いませんでした。
su.u.pa.a.ni./i.ki.ma.shi.ta./de.mo.na.ni.mo./ka.i.ma.se.n.de.shi.ta.
去了超市。但是什麼也沒買。

旅行（りょこう）に行（い）きたいですが、お金（かね）がありません。
ryo.ko.u.ni./i.ki.ta.i.de.su.ga./o.ka.ne.ga./a.ri.ma.se.n.
想去旅行，但是沒錢。

旅行（りょこう）に行（い）きたいです。でもお金（かね）がありません。
ryo.ko.u.ni./i.ki.ta.i.de.su./de.mo./o.ka.ne.ga./a.ri.ma.se.n.
想去旅行。但是沒錢。

接頭語與接尾語

說明

接頭語和接尾語是放在名詞、形容詞、動詞的前或後面，放在前面的就是接頭語，在後面的就是接尾語。接頭語和接尾語單獨存在的時候是沒有意義的，一定要接在詞語的前後。以下介紹 N5 會用到的接頭語和接尾語。

接頭語

【お－表示尊重或是美化】

例詞

便當	お弁当（べんとう）	o.be.n.to.u.
午餐	お昼（ひる）	o.hi.ru.
酒	お酒（さけ）	o.sa.ke.
錢	お金（かね）	o.ka.ne.
工作	お仕事（しごと）	o.shi.go.to.
忙碌	お忙（いそが）しい	o.i.so.ga.shi.i.

接尾語

【さん－對人、商店或職務的敬稱】

例詞

田中先生 / 小姐	田中（たなか）さん	ta.na.ka.sa.n.
蔬果店	八百屋（やおや）さん	ya.o.ya.sa.n.

警察先生	おまわりさん	o.ma.wa.ri.sa.n.
叔叔(泛指成年男性)	おじさん	o.ji.sa.n.

【ちゅう－表示正在進行的動作】

用於動詞，接在ます形語幹後面。

例詞

思考中	考え中（かんがえちゅう）	ka.n.ga.e.chu.u.
說話中／通話中	話し中（はなしちゅう）	ha.na.shi.chu.u.
營業中	営業中（えいぎょうちゅう）	e.i.gyo.u.chu.u.
這個月內	今月中（こんげつちゅう）	ko.n.ge.tsu.chu.u.

【じゅう－表示一段時間或空間內】

ちゅう和じゅう的漢字都是「中」但一個表示動作，一個表示時間空間。

例詞

一整天	一日中（いちにちじゅう）	i.chi.ni.chi.ju.u.
城市裡	まち中（じゅう）	ma.chi.ju.u.
公司裡	会社中（かいしゃじゅう）	ka.i.sha.ju.u.

【じん－屬於哪一國或是哪裡人】

例詞

台灣人	台湾人（たいわんじん）	ta.i.wa.n.ji.n.
日本人	日本人（にほんじん）	ni.ho.n.ji.n.
美國人	アメリカ人（じん）	a.me.ri.ka.ji.n.

【助數詞 - 計數單位（可參考數字時間篇）】

例詞

3 張 / 片 / 件	3 枚（さんまい）	sa.n.ma.i.
100 元	百円（ひゃくえん）	hya.ku.e.n.
5 本	5 冊（ごさつ）	go.sa.tsu.

【すぎ - 超過某個時間或年齡等】（接在名詞後面）

例詞

3 點多	3 時すぎ（さんじすぎ）	sa.n.ji.su.gi.
過（了）中午	昼過ぎ（ひるすぎ）	hi.ru.su.gi.

【すぎー過於】（接在動詞ます形語幹後）

例詞

吃太多	食べすぎ（たべすぎ）	ta.be.su.gi.
喝太多	飲みすぎ（のみすぎ）	no.mi.su.gi.
笑得太誇張	笑いすぎ（わらいすぎ）	wa.ra.i.su.gi.

【たちー表示生物或人的複數】

例詞

你們	あなたたち	a.na.ta.ta.chi.
我們	わたしたち	wa.ta.shi.ta.chi.

常用句集錦

おはようございます。
o.ha.yo.u./go.za.i.ma.su.
早安。

こんにちは。
ko.n.ni.chi.wa.
你好。(白天、午後見面時問候)

こんばんは。
ko.n.ba.n.wa.
晚上好。(晚上見面時問候)

おやすみなさい。
o.ya.su.mi.na.sa.i.
晚安。

さようなら。
sa.yo.u.na.ra.
再見。(較正式，一段時間不會見面時使用)

では、また。
de.wa./ma.ta.
再見。/ 待會見。

はじめまして。
ha.ji.me.ma.shi.te.
初次見面。

よろしくお願(ねが)いいたします。
yo.ro.shi.ku./o.ne.ga.i./i.ta.shi.ma.su.
請多多指教。/ 拜託您了。

お願(ねが)いします。
o.ne.ga.i.shi.a.su.
拜託你了。

こちらこそ。
ko.chi.ra.ko.so.
彼此彼此。

かしこまりました。
ka.shi.ko.ma.ri.ma.shi.ta.
好的。/ 遵命。(對客戶或是尊長使用)

どうぞ。
do.u.zo.
請。

いただきます。
i.ta.da.ki.ma.su.
我要開動了。/ 我收下了。

ごちそうさまでした。
go.chi.so.u.sa.ma.de.shi.ta.
吃飽了。

どうも。
do.u.mo.
謝謝。(非正式場合使用)

ありがとうございます。
a.ri.ga.to.u./go.za.i.ma.su.
謝謝。

どうもありがとうございます。
do.u.mo./a.ri.ga.to.u./go.za.i.ma.su.
非常感謝。

どうもありがとうございました。
do.u.mo./a.ri.ga.to.u./go.za.i.ma.shi.ta.
非常感謝。(事後表達感謝)

いいえ。どういたしまして。
i.i.e./do.u.i.ta.shi.ma.shi.te.
不客氣。

いらっしゃいませ。
i.ra.ssha.i.ma.se.
歡迎光臨。

ごめんなさい。
go.me.n.na.sa.i.
對不起。

すみません。
su.mi.ma.se.n.
抱歉。

申(もう)し訳(わけ)ございません。
mo.u.shi.wa.ke./go.za.i.ma.se.n.
非常抱歉。(於鄭重道歉時使用)

失礼(しつれい)します。
shi.tsu.re.i.shi.ma.su.
不好意思。/抱歉。

失礼(しつれい)しました。
shi.tsu.re.i.shi.ma.shi.ta.
不好意思。/抱歉。/打擾了。

いってきます。
i.tte.ki.ma.su.
我出發了。

いってらっしゃい。
i.tte.ra.ssha.i.
路上小心。/ 一路順風。

ただいま。
ta.da.i.ma.
我回來了。

おかえりなさい。
o.ka.e.ri.na.sa.i.
歡迎回來。

おめでとうございます。
o.me.de.to.u./go.za.i.ma.su.
恭喜。

お待(ま)たせしました。
o.ma.ta.se.shi.ma.shi.ta.
讓你久等了。

結構(けっこう)です。
ke.kko.u.de.su.
可以了。/(已經夠了) 不需要。

おじゃまします。
o.ja.ma.shi.ma.su..
打擾了。

保證得分！日檢 言語知識 N5 文法・文字・語彙

單字附錄

名詞		
秋天	秋（あき）	a.ki.
早上	朝（あさ）	a.sa.
後天	明後日（あさって）	a.sa.tte.
腳 / 腿	足（あし）	a.shi.
明天	明日（あした）	a.shi.ta.
頭 / 頭腦	頭（あたま）	a.ta.ma.
後來 / 之後	後（あと）	a.to.
你	あなた	a.na.ta.
哥哥	兄（あに）	a.ni.
姊姊	姉（あね）	a.ne.
公寓	アパート	a.pa.a.to.
雨	雨（あめ）	a.me.
家	家（いえ）	i.e.
池塘	池（いけ）	i.ke.
醫生	医者（いしゃ）	i.sha.
椅子	いす	i.su.
最好的 / 第一名	一番（いちばん）	i.chi.ba.n.

MP3 137

狗	犬（いぬ）	i.nu.
現在	今（いま）	i.ma.
意思	意味（いみ）	i.mi.
妹妹	妹（いもうと）	i.mo.u.to.
入口	入口（いりぐち）	i.ri.gu.chi.
顏色	色（いろ）	i.ro.
上 / 上面	上（うえ）	u.e.
後面	後ろ（うしろ）	u.shi.ro.
歌	歌（うた）	u.ta.
海	海（うみ）	u.mi.
上衣 / 外衣	上着（うわぎ）	u.wa.gi.
畫	絵（え）	e.
電影	映画（えいが）	e.i.ga.
電影院	映画館（えいがかん）	e.i.ga.ka.n.
英語	英語（えいご）	e.i.go.
車站	駅（えき）	e.ki.
電梯	エレベーター	e.re.be.e.ta.a.
電扶梯	エスカレーター	e.su.ka.re.e.ta.a.

單字附錄

鉛筆	鉛筆（えんぴつ）	e.n.pi.tsu.
人潮眾多	大勢（おおぜい）	o.o.ze.i.
媽媽	お母（かあ）さん	o.ka.a.sa.n.
點心	お菓子（かし）	o.ka.shi.
錢	お金（かね）	o.ka.ne.
太太	奥（おく）さん	o.ku.sa.n.
酒	お酒（さけ）	o.sa.ke.
盤子	お皿（さら）	o.sa.ra.
爺爺	お爺（じい）さん	o.ji.i.sa.n.
伯伯 / 叔叔	おじさん	o.ji.sa.n.
茶	お茶（ちゃ）	o.cha.
洗手間	お手洗（てあら）い	o.te.a.ra.i.
爸爸	お父（とう）さん	o.to.u.sa.n.
弟弟	弟（おとうと）	o.to.u.to.
男人	男（おとこ）	o.to.ko.
男孩	男（おとこ）の子（こ）	o.to.ko.no.ko.
前天	一昨日（おととい）	o.to.to.i.
前年	一昨年（おととし）	o.to.to.shi.

MP3 138

大人	大人	o.to.na.
肚子	おなか	o.na.ka.
奶奶	おばあさん	o.ba.a.sa.n.
伯母	おばさん	o.ba.sa.n.
洗澡	お風呂	o.fu.ro.
便當 / 餐盒	お弁当	o.be.n.to.u.
音樂	音楽	o.n.ga.ku.
女人	女	o.n.na.
女孩	女の子	o.n.na.no.ko.
國外	外国	ga.i.ko.ku.
外國人	外国人	ga.i.ko.ku.ji.n.
公司	会社	ka.i.sha.
樓梯	階段	ka.i.da.n.
購物	買い物	ka.i.mo.no.
鑰匙	かぎ	ka.gi.
學生	学生	ga.ku.se.i.
雨傘	傘	ka.sa.
風	風	ka.ze.

感冒	風邪（かぜ）	ka.ze.
家人／家庭	家族（かぞく）	ka.zo.ku.
學校	学校（がっこう）	ga.kko.u.
轉角／尖角	角（かど）	ka.do.
包包	かばん	ka.ba.n.
花瓶	花瓶（かびん）	ka.bi.n.
紙	紙（かみ）	ka.mi.
身體	体（からだ）	ka.ra.da.
咖哩	カレー	ka.re.e.
日曆（月）曆／行事曆	カレンダー	ka.re.n.da.a.
河／川	川（かわ）	ka.wa.
漢字	漢字（かんじ）	ka.n.ji.
樹／木	木（き）	ki.
黃色	黄色（きいろ）	ki.i.ro.
北方	北（きた）	ki.ta.
車票	切符（きっぷ）	ki.ppu.
昨天	昨日（きのう）	ki.no.u.
牛肉	牛肉（ぎゅうにく）	gyu.u.ni.ku.

牛奶	牛乳（ぎゅうにゅう）	gyu.u.nyu.u.
今天	今日（きょう）	kyo.u.
教室	教室（きょうしつ）	kyo.u.shi.tsu.
兄弟姊妹 / 手足	兄弟（きょうだい）	kyo.u.da.i.
去年	去年（きょねん）	kyo.ne.n.
公斤	キロ / キログラム	ki.ro./ki.ro.gu.ra.mu.
公里	キロ / キロメートル	ki.ro./ki.ro.me.e.to.ru.
銀行	銀行（ぎんこう）	gi.n.ko.u.
藥	薬（くすり）	ku.su.ri.
水果	果物（くだもの）	ku.da.mo.no.
嘴巴 / 口味	口（くち）	ku.chi.
鞋子	靴（くつ）	ku.tsu.
襪子	靴下（くつした）	ku.tsu.shi.ta.
國家	国（くに）	ku.ni.
陰天 / 多雲	曇り（くもり）	ku.mo.ri.
班級	クラス	ku.ra.su.
車子	車（くるま）	ku.ru.ma.
黑色	黒（くろ）	ku.ro.

今天早上	今朝（けさ）	ke.sa.
結婚	結婚（けっこん）	ke.kko.n.
玄關	玄関（げんかん）	ge.n.ka.n.
精神 / 朝氣	元気（げんき）	ge.n.ki.
公園	公園（こうえん）	ko.u.e.n.
十字路口	交差点（こうさてん）	ko.u.sa.te.n.
紅茶	紅茶（こうちゃ）	ko.u.cha.
警察局	交番（こうばん）	ko.u.ba.n.
聲音	声（こえ）	ko.e.
外套 / 大衣	コート	ko.o.to.
咖啡	コーヒー	ko.o.hi.i.
下午	午後（ごご）	go.go.
上午	午前（ごぜん）	go.ze.n.
杯子	コップ	ko.ppu.
今年	今年（ことし）	ko.to.shi.
話語	言葉（ことば）	ko.to.ba.
孩子	子供（こども）	ko.do.mo.
飯 / 白飯	ご飯（はん）	go.ha.n.

MP3
140

這個月	今月	ko.n.ge.tsu.
本週	今週	ko.n.shu.u.
今晚	今晩	ko.n.ba.n.
錢包	財布	sa.i.fu.
魚	魚	sa.ka.na.
前端 / 前面 / 未來	先	sa.ki.
雜誌	雑誌	za.sshi.
砂糖	砂糖	sa.to.u.
散步	散歩	sa.n.po.
鹽	塩	shi.o.
時間	時間	ji.ka.n.
工作	仕事	shi.go.to.
字典	辞書	ji.sho.
下面	下	shi.ta.
問題	質問	shi.tsu.mo.n.
腳踏車	自転車	ji.te.n.sha.
汽車	自動車	ji.do.u.sha.
自己	自分	ji.bu.n.

照片	写真（しゃしん）	sha.shi.n.
襯衫	シャツ	sha.tsu.
淋浴	シャワー	sha.wa.a.
上課 / 課程	授業（じゅぎょう）	ju.gyo.u.
功課 / 課題 / 回家作業	宿題（しゅくだい）	shu.ku.da.i.
出差	出張（しゅっちょう）	shu.ccho.u.
醬油	醤油（しょうゆ）	sho.u.yu.
(傳統的) 餐廳	食堂（しょくどう）	sho.ku.do.u.
白 / 白色	白（しろ）	shi.ro.
報紙	新聞（しんぶん）	shi.n.bu.n.
裙子	スカート	su.ka.a.to.
智慧型手機	スマートフォン／スマホ	su.ma.a.to.fo.n./ su.ma.ho.
湯匙	スプーン	su.pu.u.n.
運動	スポーツ	su.po.o.tsu.
拖鞋	スリッパ	su.ri.ppa.
背 / 身高	背（せ）	se.
學生	生徒（せいと）	se.i.to.
毛衣	セーター	se.e.ta.a.

MP3
141

香皂	石鹸	se.kke.n.
上個月	先月	se.n.ge.tsu.
上星期 / 上週	先週	se.n.shu.u.
老師	先生	se.n.se.i.
全部	全部	ze.n.bu.
打掃	掃除	so.u.ji.
外面	外	so.to.
旁邊	そば	so.ba.
天空	空	so.ra.
大學	大学	da.i.ga.ku.
大使館	大使館	ta.i.shi.ka.n.
沒問題 / 沒關係	大丈夫	da.i.jo.u.bu.
廚房	台所	da.i.do.ko.ro.
許多	たくさん	ta.ku.sa.n.
計程車	タクシー	ta.ku.shi.i.
縱向	縦	ta.te.
建築物	建物	ta.te.mo.no.
香菸	タバコ	ta.ba.ko.

食物	食(た)べ物(もの)	ta.be.mo.no.
蛋	卵(たまご)	ta.ma.go.
生日	誕生日(たんじょうび)	ta.n.jo.u.bi.
地下鐵	地下鉄(ちかてつ)	chi.ka.te.tsu.
地圖	地図(ちず)	chi.zu.
碗	ちゃわん	cha.wa.n.
下一個 / 接著	次(つぎ)	tsu.gi.
桌子	机(つくえ)	tsu.ku.e.
手	手(て)	te.
膠帶	テープ	te.e.pu.
桌子	テーブル	te.e.bu.ru.
信	手紙(てがみ)	te.ga.mi.
出口	出口(でぐち)	de.gu.chi.
考試	テスト	te.su.to.
百貨公司	デパート	de.pa.a.to.
電視	テレビ	te.re.bi.
天氣 / 氣象	天気(てんき)	te.n.ki.
電燈 / 電	電気(でんき)	de.n.ki.

MP3 142

火車	電車	de.n.sha.
電話	電話	de.n.wa.
門	ドア	do.a.
廁所 / 洗手間	トイレ	to.i.re.
時鐘	時計	to.ke.i.
地方 / 場所 / 地點	所	to.ko.ro.
年 / 年紀	年	to.shi.
圖書館	図書館	to.sho.ka.n.
旁邊 / 隔壁	隣	to.na.ri.
朋友	友達	to.mo.da.chi.
鳥	とり	to.ri.
雞肉	とり肉	to.ri.ni.ku.
刀	ナイフ	na.i.fu.
裡面 / 中間	中	na.ka.
夏天	夏	na.tsu.
名字	名前	na.ma.e.
肉	肉	ni.ku.
西邊	西	ni.shi.

行李	荷物（にもつ）	ni.mo.tsu.
新聞	ニュース	nyu.u.su.
庭院	庭（にわ）	ni.wa.
領帶	ネクタイ	ne.ku.ta.i.
貓	猫（ねこ）	ne.ko.
筆記本 / 便條紙	ノート	no.o.to.
飲料	飲（の）み物（もの）	no.mi.mo.no.
牙齒	歯（は）	ha.
派對	パーティー	pa.a.ti.i.
菸灰缸	灰皿（はいざら）	ha.i.za.ra.
明信片	葉書（はがき）	ha.ga.ki.
箱子	箱（はこ）	ha.ko.
橋	橋（はし）	ha.shi.
筷子	はし	ha.shi.
最初 / 一開始	初（はじ）め / 始（はじ）め	ha.ji.me.
第一次 / 初次	初（はじ）めて	ha.ji.me.te.
巴士 / 公車	バス	ba.su.
奶油	バター	ba.ta.a.

MP3 143

花	花（はな）	ha.na.
鼻子	鼻（はな）	ha.na.
話 / 談話	話（はなし）	ha.na.shi.
春天	春（はる）	ha.ru.
晴天	晴（は）れ	ha.re.
一半	半（はん）	ha.n.
晚上	晩（ばん）	ba.n.
麵包	パン	pa.n.
手帕	ハンカチ	ha.n.ka.chi.
號碼	番号（ばんごう）	ba.n.go.u.
晚餐	晩御飯（ばんごはん）	ba.n.go.ha.n.
一半	半分（はんぶん）	ha.n.bu.n.
東邊	東（ひがし）	hi.ga.shi.
飛機	飛行機（ひこうき）	hi.ko.u.ki.
左邊	左（ひだり）	hi.da.ri.
人	人（ひと）	hi.to.
空閒 / 閒暇	暇（ひま）	hi.ma.
醫院	病院（びょういん）	byo.u.i.n.

生病／疾病	病気（びょうき）	byo.u.ki.
白天／中午	昼（ひる）	hi.ru.
午餐	昼御飯（ひるごはん）	hi.ru.go.ha.n.
信封	封筒（ふうとう）	fu.u.to.u.
游泳池	プール	pu.u.ru.
叉子	フォーク	fo.o.ku.
衣服	服（ふく）	fu.ku.
豬肉	豚肉（ぶたにく）	bu.ta.ni.ku.
冬天	冬（ふゆ）	fu.yu.
頁	ページ	pe.e.ji.
床	ベッド	be.ddo.
寵物	ペット	pe.tto.
房間	部屋（へや）	he.ya.
附近／邊	辺（へん）	he.n.
筆／原子筆	ペン	pe.n.
讀書／用功	勉強（べんきょう）	be.kyo.u.
帽子	帽子（ぼうし）	bo.u.shi.
其他	ほか	ho.ka.

MP3
144

口袋	ポケット	po.ke.tto.
鈕子	ボタン	bo.ta.n.
飯店	ホテル	ho.te.ru.
書	本	ho.n.
真的 / 真正 / 實在是	本当	ho.n.to.u.
書架	本棚	ho.n.da.na.
每天早上	毎朝	ma.i.a.sa.
每個月	毎月	ma.i.tsu.ki.
每星期 / 每週	毎週	ma.i.shu.u.
每天	毎日	ma.i.ni.chi.
每年	毎年	ma.i.to.shi.
每晚	毎晩	ma.i.ba.n.
前面 / 之前	前	ma.e.
城市	町	ma.chi.
窗戶	窓	ma.do.
右邊	右	mi.gi.
水	水	mi.zu.
店	店	mi.se.

道路	道（みち）	mi.chi.
綠 / 綠林	緑（みどり）	mi.do.ri.
每個人	皆（みな）さん	mi.na.sa.n.
南邊	南（みなみ）	mi.na.mi.
耳朵	耳（みみ）	mi.mi.
大家 / 每個人	みな／みんな	mi.na./mi.n.na.
前面 / 對面 / 遠方 / 那邊 / 對方	向（む）こう	mu.ko.u.
村	村（むら）	mu.ra.
眼睛	目（め）	me.
公尺	メートル	me.e.to.ru.
眼鏡	眼鏡（めがね）	me.ga.ne.
東西	物（もの）	mo.no.
問題	問題（もんだい）	mo.n.da.i.
蔬果店	八百屋（やおや）	ya.o.ya.
蔬菜	野菜（やさい）	ya.sa.i.
休息 / 休假	休（やす）み	ya.su.mi.
山	山（やま）	ya.ma.
傍晚	夕方（ゆうがた）	yu.u.ga.ta.

MP3
145

郵局	郵便局（ゆうびんきょく）	yu.u.bi.n.kyo.ku.
昨晚	昨夜（さくや）／昨夜（ゆうべ）	sa.ku.ya./yu.u.be.
雪	雪（ゆき）	yu.ki.
衣服	洋服（ようふく）	yo.u.fu.ku.
夜晚	夜（よる）	yo.ru.
下個月	来月（らいげつ）	ra.i.ge.tsu.
下週	来週（らいしゅう）	ra.i.shu.u.
明年	来年（らいねん）	ra.i.ne.n.
廣播 / 收音機	ラジオ	ra.ji.o.
留學生	留学生（りゅうがくせい）	ryu.u.ga.ku.se.i.
父母 / 雙親	両親（りょうしん）	ryo.u.shi.n.
料理 / 飯菜 / 烹飪	料理（りょうり）	ryo.u.ri.
旅行	旅行（りょこう）	ryo.ko.u.
冰箱	冷蔵庫（れいぞうこ）	re.i.zo.u.ko.
餐廳	レストラン	re.su.to.ra.n.
練習	練習（れんしゅう）	re.n.shu.u.
走廊	廊下（ろうか）	ro.u.ka.
我	わたし／私（わたし）	wa.ta.shi.

い形容詞

藍色的	青い（あお）	a.o.i.
紅色的	赤い（あか）	a.ka.i.
明亮的 / 開朗的	明るい（あか）	a.ka.ru.i.
溫暖的	暖かい（あたた）	a.ta.ta.ka.i.
溫熱的 / 暖心的	温かい（あたた）	a.ta.ta.ka.i.
新的	新しい（あたら）	a.ta.ra.shi.i.
(天氣) 熱的 / 炎熱的	暑い（あつ）	a.tsu.i.
熱的 / 熱情的	熱い（あつ）	a.tsu.i.
厚的	厚い（あつ）	a.tsu.i.
危險的	危ない（あぶ）	a.bu.na.i.
甜的	甘い（あま）	a.ma.i.
好的	いい / よい	i.i./yo.i.
忙碌的	忙しい（いそが）	i.so.ga.shi.i.
痛的	痛い（いた）	i.ta.i.
薄的	薄い（うす）	u.su.i.
吵的	うるさい	u.ru.sa.i.
好吃的	おいしい	o.i.shi.i.

MP3 146

多的	多(おお)い	o.o.i.
大的	大(おお)きい	o.o.ki.i.
慢的	遅(おそ)い	o.so.i.
重的	重(おも)い	o.mo.i.
有趣的 / 好玩的	面白(おもしろ)い	o.mo.shi.ro.i.
辣的	辛(から)い	ka.ra.i.
輕的	軽(かる)い	ka.ru.i.
可愛的	かわいい	ka.wa.i.i.
黃色的	黄色(きいろ)い	ki.i.ro.i.
髒的	汚(きたな)い	ki.ta.na.i.
暗的	暗(くら)い	ku.ra.i.
黑的	黒(くろ)い	ku.ro.i.
寒冷的	寒(さむ)い	sa.mu.i.
白色的	白(しろ)い	shi.ro.i.
少的	少(すく)ない	su.ku.na.i.
涼爽	涼(すず)しい	su.zu.shi.i.
狹窄的	狭(せま)い	se.ma.i.
高的 / 貴的	高(たか)い	ta.ka.i.

開心／快樂	楽(たの)しい	ta.no.shi.i.
小的	小(ちい)さい	chi.i.sa.i.
近的	近(ちか)い	chi.ka.i.
無聊	つまらない	tsu.ma.ra.na.i.
冰冷的／冷淡的	冷(つめ)たい	tsu.me.ta.i.
強大的／強的	強(つよ)い	tsu.yo.i.
遠的	遠(とお)い	to.o.i.
長的	長(なが)い	na.ga.i.
早的	早(はや)い	ha.ya.i.
快的	速(はや)い	ha.ya.i.
低的／矮的	低(ひく)い	hi.ku.i.
寬廣的／大的	広(ひろ)い	hi.ro.i.
粗的／胖的	太(ふと)い	fu.to.i.
舊的	古(ふる)い	fu.ru.i.
想要的	欲(ほ)しい	ho.shi.i.
細的／瘦的	細(ほそ)い	ho.so.i.
難吃的／情況不妙的	まずい	ma.zu.i.
圓的	丸(まる)い／円(まる)い	ma.ru.i.

MP3 147

短的 短い（みじか） mi.ji.ka.i.

困難的 難しい（むずか） mu.zu.ka.shi.i.

簡單的 易しい（やさ） ya.sa.shi.i.

親切的 / 溫柔的 優しい（やさ） ya.sa.shi.i.

便宜的 安い（やす） ya.su.i.

虛弱的 / 弱小的 弱い（よわ） yo.wa.i.

年輕的 若い（わか） wa.ka.i.

不好的 / 不佳的 / 不好意思 悪い（わる） wa.ru.i.

な形容詞

討厭的 嫌（いや） i.ya.

相同 同じ（おな） o.na.ji.

討厭的 嫌い（きら） ki.ra.i.

美麗的 / 乾淨的 きれい ki.re.i.

精神 / 朝氣 元気（げんき） ge.n.ki.

安靜的 静か（しず） shi.zu.ka.

擅長 / 做得好 上手（じょうず） jo.u.zu.

健康 / 牢固 丈夫（じょうぶ） jo.u.bu.

喜歡的	好(す)き	su.ki.
沒問題 / 沒關係	大丈夫(だいじょうぶ)	da.i.jo.u.bu.
重要的	大切(たいせつ)	ta.i.se.tsu.
糟糕 / 嚴重	大変(たいへん)	ta.i.he.n.
許多	たくさん	ta.ku.sa.n.
細心 / 周到	ていねい	te.i.ne.i.
熱鬧	賑(にぎ)やか	ni.gi.ya.ka.
空閒 / 閒暇	暇(ひま)	hi.ma.
不拿手 / 不擅長	下手(へた)	he.ta.
方便	便利(べんり)	be.n.ri.
筆直	まっすぐ	ma.ssu.gu.
特殊	ユニーク	yu.ni.i.ku.
有名的 / 馳名的	有名(ゆうめい)	yu.u.me.i.
出色的	りっぱ	ri.ppa.

副詞

不太…/ 不怎麼…	あまり	a.ma.ri.
如何（尊敬的說法）	いかが	i.ka.ga.

MP3
148

最好的 / 第一名　一番　i.chi.ba.n.

一起　一緒　i.ssho.

一直 / 總是　いつも　i.tsu.mo.

各式各樣 / 各種　いろいろ　i.ro.i.ro.

人潮眾多　大勢　o.o.ze.i.

非常 / 很好　けっこう　ke.kko.u.

這樣的　こんな　ko.n.na.

立刻 / 馬上　すぐ　su.gu.

一點點　少し　su.ko.shi.

全部　全部　ze.n.bu.

如此 / 那樣　そう　so.u.

糟糕 / 嚴重　大変　ta.i.he.n.

很多　たくさん　ta.ku.sa.n.

大概　たぶん　ta.bu.n.

慢慢地　だんだん　da.n.da.n.

剛好　ちょうど　cho.u.do.

稍微 / 有點　ちょっと　cho.tto.

怎麼樣　どう　do.u.

為什麼	どうして	do.u.shi.te.
請	どうぞ	do.u.zo.
實在是 / 非常	どうも	do.u.mo.
有時	ときどき	to.ki.do.ki.
非常	とても	to.te.mo.
為何	なぜ	na.ze.
(舉例) 等等	など	na.do.
一開始時	はじめに	ha.ji.meni.
第一次 / 初次	初(はじ)めて	ha.ji.me.te.
其他	ほか	ho.ka.
真的 / 真正 / 實在是	本当(ほんとう)	ho.n.to.u.
又 / 再	また	ma.ta.
還沒	まだ	ma.da.
直接 / 直的	まっすぐ	ma.ssu.gu.
全都	みんな	mi.n.na.
已經	もう	mo.u.
再一次	もう一度(いちど)	mo.u.i.chi.do.
當然	もちろん	mo.chi.ro.n.

MP3 149

更 / 越	もっと	mo.tto.
慢慢的 / 輕輕的	ゆっくりと	yu.kku.ri.to.
經常 / 常 / 很	よく	yo.ku.
比...	より	yo.ri.

「言語知識」和「讀解」試題分析解答

第 17 頁 言語知識 (文字、語彙)

【題型 1】1
【題型 2】2
【題型 3】3
【題型 4】3

第 18-20 頁 言語知識 (文法)、讀解

【題型 1】4
【題型 2】2
【題型 3】1
【題型 4】4
【題型 5】2
【題型 6】1

國家圖書館出版品預行編目(CIP)資料

保證得分！日檢言語知識：N5文法.文字.語彙 / 雅典日研所企編. -- 初版. -- 新北市 : 雅典文化事業有限公司, 民112.05
面； 公分. -- (日語大師 ; 17)
ISBN 978-626-7245-07-1(平裝)

1.CST：日語 2.CST：能力測驗

803.189 112000769

日語大師 17

保證得分！日檢言語知識：N5文法.文字.語彙

編著／雅典日研所
責編／許惠萍
美術編輯／許惠萍
封面設計／林鈺恆

法律顧問：方圓法律事務所／涂成樞律師

總經銷：永續圖書有限公司
永續圖書線上購物網
www.foreverbooks.com.tw

雲端回函卡

出版日／2023年05月

出版社
22103 新北市汐止區大同路三段194號9樓之1
TEL (02) 8647-3663
FAX (02) 8647-3660

簡單輕鬆

突破傳統

實字教學

再搭配超實用的單字與例句
隨時牢記50音！

讓你迅速征服五十音
更能輕鬆開口說日語

馬上聽！ 馬上唸！ 馬上寫！

自學日語50音